莫格里感到内心深处似乎有什么东西开始作痛,他原来可从未体验过这种痛苦。他大口喘气,不停抽噎,泪水从他的脸庞上滑落而下。

虽然你是人类的孩子，但我爱你胜过爱自己的孩子。

这样的一天，仿佛比许多人的一生更为漫长。

每当一头海豹跃起时,身后会留下一道似燃油般的痕迹与火红的光亮,而海浪则碎成大块磷光闪闪的条纹和漩涡。

"这儿有一只死掉的獴,我们为他举行葬礼吧。"

我会走出去,一直走到白昼时分,一直走到破晓时分——/出去感受风儿无瑕的亲吻,感受流水洁净的爱抚;/我会忘记自己脚踝上的铁圈,咔嚓折断拴住我的尖木桩。

丛林之书

The Jungle Book

[英]鲁迪亚德·吉卜林 — 著
余金航 — 译

天地出版社 | TIANDI PRESS

The Jungle Book

译者序

约瑟夫·鲁德亚德·吉卜林（Joseph Rudyard Kipling，1865—1936）是英国著名作家、诗人，一生中创作了众多文学精品，包括小说、诗歌、散文、游记、随笔等。凭借精湛出众的文笔，吉卜林于1907年获得诺贝尔文学奖，成为英国首位诺贝尔文学奖得主。

他出生于印度，并于此奠定了日后职业生涯的发展根基。异域的生活经历为他的文学创作提供了丰富的素材。1894年，他的笔下诞生了一部以印度丛林为主要故事背景的儿童读物《丛林之书》，该书在伦敦由麦克米伦（Macmillan）出版社出版发行。书中不仅描绘了紧张刺激的冒险故事，还通过塑造一个个活灵活现的动物角色，为青少年读者树立了积极向上的价值观。正是基于本书卓越的文学价值，吉卜林逐渐为广大读者所熟知，享誉国际。瑞典文学院曾对此书评价道："书中有很多恢宏的自然情景描写，充分展现了作者丰富的知识储备和卓越的叙述水平，绝对是吉卜林的登峰造极之作。"时至今日，这部文学著作仍在动画、电影等领域焕发着勃勃生机。历经百余年时光洗礼，它仍在当今的文化领域占有一席之地。

纵然全书七个章节均聚焦于动物们的生活故事，但细细读来，你会发现看似凶猛无情的野生动物心中，实则潜藏着值得人类学习借鉴的美好品质。收养狼孩莫格里的狼爸爸一家，并未因莫格里的人类身份而区别对待，反倒是用满满的爱，一路呵护着他直至他长大成人；棕熊巴鲁虽然愚钝憨厚，但他身为莫格里的老师，恪尽职守，将毕生所知的丛林知识悉数详授；作为肉食动物的黑豹巴希拉，在陪伴莫格里成长的过程中，从未展现过一星半点的凶残本性，而是怀着一颗温柔善良的真心，为莫格里答疑解惑，引导其成为丛林里顶天立地的男子汉；看似狡黠的岩蛇卡阿信守承诺，在关键时刻挺身而出，及时向莫格里伸出援助之手；狼王阿克拉知恩图报，在被莫格里救下一命后，将这份恩情牢记于心，并在日后的战斗中成为莫格里的坚实后盾；白海豹珂提克不顾周围的异样眼光，勇敢逐梦，即使面对再多的艰难险阻，也毫不气馁，最终为海豹一族开辟了崭新的生活天地；名为里奇-提奇的獴足智多谋，凭借自身的英勇与智慧，守护了花园的和平……在吉卜林娓娓道来的文字中，人类不再是独享心智的至高王者。放眼大千世界，万物有灵。即使是一只毫不起眼的小动物，也能在某些方面成为我们的成长导师。我想，吉卜林或许正是希望通过一个个生动有趣的动物故事传达给读者一种"万物为师，博采众长"的学习态度，这种态度能够帮助我们开阔视野，成为宝贵的精神财富。正如棕熊巴鲁教莫格里的，你和我，我们都是血脉相通的一家人。人类和动物本就是共同生活在自然界大家庭中的成员，何不敞开胸怀，接纳彼此的闪光点？倘若我们能将视野放得更宽广，学会聆听大自然的每个心跳，感受不同生命绽放出的每份精彩，定能愈发接纳、拥抱我们生活的美好世界。

除却鲜活饱满的角色形象外，作者的叙述功力也可谓精妙至极。吉卜林擅长运用比喻、拟人、通感等多种修辞手法，精准描绘故事细节，为读者开启通往十九世纪大自然的时光隧道，营造身临其境的阅读感。细品全书，你会感到耳边不时传来此起彼伏的鸟兽叫声，象吼、虎啸、狼嗥、鸟鸣……各种动物发出的声音交织成一首首动听的原生态乐章；与此同时，你还会感到鼻腔中涌起海盐腥味、清爽木香、花朵芬芳等气味。这些多元化的感官体验无一不让读者在大饱眼福之余，更能全方位地感知大自然灵动的生命力。跟随吉卜林的脚步，我们有幸领略到狼群大会、猴群集会、智斗恶虎、海豹冒险、花园之战、大象舞会、部队阅兵式等多种大型场面的别样风采，从而丰富自身的自然知识储备。一个个记录在白纸黑字间的故事，不仅能让读者在脑海中构想出一幅幅色彩缤纷的图景，更借由视觉、听觉、嗅觉等多角度的细节呈现，增强了全书文字的承载力与表现力。这般多维度、细致化的写作风格，堪称吉卜林作品的一大亮点。

为了给读者带来原汁原味的阅读体验，我在翻译的过程中，仔细查阅多方资料，多次雕琢、完善遣词造句，力求在中文语境中准确、流畅地表达原文含义。此外，我也十分感谢各位文坛前辈的译著像指路的明灯一样，为我照亮前行的方向。

那么，就让我在接下来的七个篇章中带领各位读者，随着吉卜林的文字踏上一场重返自然的探险之旅。在这趟旅程中，你可以不用长大，尽情用孩童般的单纯视角感知每个故事中蕴含的人文情怀。只要你愿意相信,就定会有一座生机盎然的葱郁丛林在你的心灵深处扎根繁茂,那里百花似锦,开出一片向阳的绚烂。

余金航
2023年于广东深圳

目录

莫格里的兄弟们 _ 001

卡阿的狩猎 _ 040

老虎！老虎！_ 087

白海豹 _ 124

"里奇-提奇-塔维" _ 158

大象们的图麦 _ 186

女王陛下的仆人们 _ 221

莫格里的兄弟们

蝙蝠芒恩释放了黑夜,
鸢鸟莱恩将黑夜带回家中;
畜群被关进栏房棚舍,
我们要彻夜狂欢,直至天明。
这是展示自豪感与力量的时刻,
张开獠牙,露出锐爪。
听啊,听听这些呼唤!——祝大家狩猎满载而归,
各位遵守丛林法则的野兽们,祝你们好运!

——丛林夜歌

这是西奥尼山的一个温暖之夜,狼爸爸睡了一天,到晚上七点才醒来。他挠了挠身子,打了个呵欠,并逐一伸展开自己的爪子,以消散爪尖传来的倦意。狼妈妈躺着,将硕大的灰鼻子拱进四只打着滚儿、嗷嗷叫唤的狼崽中。月光洒在

他们一家居住的洞口处。"嗷！"狼爸爸说，"又到了狩猎的时候。"正当他准备从山上一跃而下时，一个拖着毛茸茸尾巴的小身影堵住洞口，嚷嚷道："祝您好运，狼大王。也祝您高贵的孩子们好运，祝他们长出坚实的白牙。这样他们永远不会忘记，这世上还有一群挨饿的动物。"

这是一只名叫塔巴奎的豺，靠扒拉别人的残羹剩饭为生。印度狼看不起他，因为这家伙到处挑拨离间，散播流言蜚语，还从村里垃圾堆中捡碎布和皮革片吃。但同时，这群狼也害怕塔巴奎，因为相较于丛林的其他动物而言，他更容易发疯。他发起疯来，甚至会将自己曾经惧怕的动物抛之脑后，在森林里四处乱窜，见一个咬一个。就连老虎见到塔巴奎发疯时，都会跑到一旁躲起来。对于野生动物来说，他们最受不了的就是沾染疯病。我们人类将其称为狂犬病，但在动物们的口中，这个病又被叫作德瓦尼。他们一旦发现身旁有动物犯了这种疯病，就会立马逃之夭夭。

"进来看看吧，"狼爸爸勉强地说，"但我们这里没有你要的食物。"

"不，那只是对狼而言，"塔巴奎说，"对于我这种卑贱的小动物来说，一根干骨头就是一顿美味的大餐了。我们算什么，区区一群基度尔·洛格[1]罢了，哪里还敢挑三拣四！"只见他溜进洞里，扒拉出一根残留些许肉渣的公鹿骨头，坐下来满心欢喜地咔咔啃了起来。

"感谢狼大王的这顿美餐，"塔巴奎舔了舔嘴说道，"瞧啊！您这群高贵的孩子是多么美丽啊！他们每一只都有着水汪汪的大眼睛！而且各个年轻力壮！确实、确实，我还记得，皇族的孩子自打出生起，可都是男子汉啊！"

塔巴奎非常清楚，当着父母的面赞扬孩子是世界上最不吉利的事。此时的他看着狼爸爸和狼妈妈面露愠色，心里得意极了。

塔巴奎一声不发地坐在原地，正为自己所干的坏事扬扬得意，随后他不怀好意地开口说："大头领谢尔可汗已经转移了他的狩猎阵地。他告诉我，下个月起，他就要到这一带山间觅食了。"

谢尔可汗是一只居住在维恩冈加河附近的老虎，距这里约二十英里[2]。

---

[1] 基度尔·洛格，意为豺民。——译者注（如无特别说明，本书中注释均为译者所注）
[2] 英里，英美制长度单位。1英里≈1.609千米。

003

"他没有这个权利！"狼爸爸生气地说，"依据丛林法则，他没有权利在未经事先警示的情况下，变更自己的狩猎区域。这样，他会把方圆十英里内的每一头猎物都吓得够呛，而我……我这几天还得为孩子们加倍捕猎。"

"要知道，他的母亲之所以管他叫朗格利[1]，可不是毫无根据的。"狼妈妈平静地说，"他一生下来，就瘸了一条腿，这也是他只选择捕杀家牛的原因。现在，维恩冈加的村民们都对他气愤不已，而他却来激怒我们这儿的村民。一旦村民们开始在丛林中搜捕他的身影，他又会逃得远远的，只剩下我们一大家子不得不在草地被点燃之时，狼狈逃跑。这么说来，我们还得好好感谢谢尔可汗的大驾光临呢！"

"需要我替您转达这份感激之情吗？"塔巴奎问道。

"给我滚出去！"狼爸爸厉声喊道，"滚到你的主子那儿去和他一起狩猎吧。这一晚上，你做的破事可真够多的了。"

"我走。"塔巴奎冷静地说，"狼大王，您肯定可以在洞穴下方的灌木丛中听到谢尔可汗的动静。我就不浪费口

---

[1] 朗格利，意为瘸腿。

舌，专门告知您这个消息了。"

狼爸爸竖起耳朵听了听，山谷下流淌的小河边传来老虎的呼啸声，声声单调，却又夹带着冷漠与愤怒。阵阵怒吼宣告着他的一无所获，但他根本不介意让整座丛林的生灵知晓此事。

"真是蠢死了！"狼爸爸说，"晚上的狩猎刚开始，就发出这种破声音！他难道认为我们这儿的雄鹿都和他那些肥硕的维恩冈加小公牛一个样吗？"

"嘘。他今晚要狩猎的既不是小公牛，也不是雄鹿，"狼妈妈说，"而是人类。"

老虎的呼啸声突然转变成一种嗡嗡的呼噜声，听起来如同四面八方一并作响。这种噪声不仅会让睡在旷野上的伐木工和吉卜赛人迷失方向，有时还会迷惑他们跑进老虎的血盆大口中。

"人类！"狼爸爸边说着，边露出满口白牙，"呸！难道池塘里的甲虫和青蛙还不够他吃吗？非得去吃人类，而且还是在我们的地盘上吃！"

在丛林法则中，掌管万物的依据都有章可循。野兽们禁止吃人，除非是为了给孩子们展示猎杀的技巧。而且在猎杀

005

人类时，也只能在自己族群或部落狩猎地以外的地方进行。野兽必须遵守这一规定，因为杀人意味着迟早会招来一群骑在象背上、手里端枪的白人。此外，数以百计的棕褐色皮肤的人也会手持铜锣、火箭、火把来到这里。到时候，丛林里的动物可都有罪受了。动物对这项规定是这么解释的：人类是所有生灵中最羸弱、最没有防御力的，这种交锋对人类来说非常不公平。而且，他们还说，吃了人的动物不仅身上会长癣，还会掉牙。这事可是真的。

呼噜声越来越响，最终以一声嘹亮的"啊呜"告终。这般吼叫往往是老虎在猛攻时发出的。

一声嚎叫紧随其后，虽听不出丝毫老虎的气概，但确实是由谢尔可汗发出的。"他没捕到，"狼妈妈说，"发生什么事了？"

狼爸爸向外跑了几步，就听到谢尔可汗恶狠狠地不停咕哝着。这只老虎正在灌木丛里踉踉跄跄地挪着步子。

"那个蠢蛋简直无药可救了！他竟然跳到伐木工的营火上，烧到了自己的脚。"狼爸爸哼了一声，"塔巴奎和他待在一块儿。"

"有什么东西朝山上来了，"狼妈妈边说，边动了动一只耳朵,"做好准备。"

灌木丛中的枝丫沙沙微响,狼爸爸猫起腰,做好了上跳的准备。如果你有幸欣赏这一幕,你将会见到世上最精彩的画面——狼在飞扑的半空中突然停了下来。在他还没看清扑向的对象前,就已经一跃而出,结果不得不在半空中尝试停下自己的冲势。这么一来,他便径直冲到四五英尺[1]高的空中,随后落回原本起跳的位置。

"是人类!"狼爸爸急促地说,"是人类幼崽,快看!"

在狼爸爸的正前方,站着一个全身赤裸的棕色皮肤小婴孩,他的手中抓着一根短树枝,看起来才刚会走路——他软乎乎的,脸上还有一对小酒窝。这是狼窝在晚上第一次遇到这么可爱的小生命。小婴孩抬起头,看着狼爸爸的脸笑了起来。

"那就是人类幼崽?"狼妈妈说,"我还从没看过呢,快把他带到这儿来。"

狼习惯于用嘴叼着自己的孩子走。如果必要,他们甚

---

1 英尺,英美制长度单位。1英尺≈0.3048米。

至可以用嘴含着一颗鸡蛋，不咬碎它。狼爸爸叼着小婴孩的背，将他放到自己的孩子中间。他的动作十分轻柔，牙齿没有划破孩子娇嫩的皮肤。

"他真小啊！全身赤裸裸的，真是个勇敢的幼崽！"狼妈妈轻声说。小婴孩在狼崽中间拱了拱身，试图贴近温暖的狼皮。"啊哈！他正在和我们的孩子一起吃东西。原来这就是人类幼崽啊！之前可没有一只狼会炫耀，人类幼崽和自己的孩子同处一窝吧？"

"我不时听说类似的事情发生，但这种事既没出现在我们的族群中，也没出现在我的时代。"狼爸爸说，"他全身上下连根毛都没有，我只要动一动脚，就能杀了他。但瞧瞧他，他抬头望着我，一点都不害怕。"

突然，狼穴洞口的月光被两位不速之客遮挡。谢尔可汗硕大的方脑袋和宽肩膀挤进洞口，他身后的塔巴奎正尖声地嚷个不停："主人、主人，他就是从这儿进去的！"

"谢尔可汗大驾光临，我们倍感荣幸。"狼爸爸说着，眼中冒出熊熊怒火，"请问，谢尔可汗您需要些什么呢？"

"我的猎物。一个人类幼崽朝这儿来了。"谢尔可汗说，"他的父母都已经跑了，把这个幼崽交给我。"

就像狼爸爸先前说的那样，谢尔可汗确实是跳到伐木工的营火上并烧伤了脚，疼得他勃然大怒。但狼爸爸也知道，狼穴的洞口宽度对于一只老虎来说，未免太窄了些。就像现在，谢尔可汗的肩膀和前爪都被牢牢卡住，根本动弹不得。这种难受的滋味就好比一个人在桶里和别人打架。

"狼群们可都是无拘无束的，"狼爸爸说，"他们服从的是族群头领的命令，才不会任由长条纹的屠牛野兽发号施令。这个小孩是属于我们的——他的生死掌握在我们的手中。"

"由你们来掌握！开什么玩笑！就凭我所杀的公牛数量，还至于站在你的狗窝里，嗅我应得的猎物吗？要知道，是我，谢尔可汗，在和你们说话！"

老虎的咆哮声回荡在狼穴中，犹如雷鸣般隆隆作响。看到这，狼妈妈从狼崽们中抽身而出，跃上前去。她的双眼仿佛黑夜中的两轮绿月，直视着谢尔可汗炽烈的视线。

"但你也要知道，是我，拉克莎[1]在回答你。这个人类幼崽是我的。朗格利，这个幼崽是我的！我们不会杀了他，

---

1 拉克莎，意为恶魔。

他将会和狼群们一起奔跑、狩猎。谢尔可汗,像你这种只会捕猎没毛幼崽、吃青蛙和杀鱼的家伙,最终将会被这个幼崽猎杀!现在快给我从这儿滚出去,我以自己杀死的黑鹿起誓(我可不吃饥肠辘辘的牛),快给我滚回到你的母亲身边,你这个被火烧的丛林兽!你刚出生时就是个瘸子,而现在更是瘸上加瘸!快给我滚!"

狼爸爸看呆了。他都快忘了,当年他可是和五匹狼经过一番公平决斗,才迎娶到狼妈妈。她在狼群中获封的"恶魔"名号,绝非浪得虚名。谢尔可汗也许可以应对狼爸爸,但他可吃不消狼妈妈的进攻。这只老虎知道,就他目前所处的位置来说,狼妈妈占尽了地理优势。一旦他俩打起来,那绝对是一场恶战。于是,谢尔可汗低吼着退出洞口,直至彻底抽身后才大声咆哮道:"狗都在自己的地盘上放胆乱叫!那就让我们看看,狼群们对收养人类幼崽这件事会作何评价。这个幼崽是我的,我一定会咬死他。啧,你们这群长着毛尾巴的贼!"

狼妈妈躺倒在狼崽们中间,发出阵阵喘息。狼爸爸严肃地和她说:"谢尔可汗说的没错。这个幼崽必须得让狼群过目。即使如此,你也执意要收留他吗,妈妈?"

"把他留下来！"狼妈妈气喘吁吁地回应道，"他孤零零地在黑夜中来到我们这儿，一丝不挂，饥肠辘辘，但他竟然一点都不害怕！看啊，这小家伙都已经把我们的一个孩子推到一旁了。那个瘸腿屠夫本来要杀了他然后逃走，一旦他逃回维恩冈加，村民们一定会为了复仇，将我们的洞穴翻个底朝天，势必把我们赶尽杀绝！收留这个小家伙？毫无疑问，我肯定会留下他。小青蛙，你就在我们这儿躺下休息吧。噢，你这个莫格里——我要给你起名叫青蛙莫格里——谢尔可汗曾打算杀了你，不过未来总有一天，你将会猎杀他。"

"但我们的狼群会说些什么？"狼爸爸问。

丛林法则规定得明明白白，每匹狼在结婚后可以退出他所属的狼群。但只要他的孩子们长到可以四脚站立时，他必须带他们参加狼群大会，旨在让其他狼认同自己的幼崽。这个大会通常会在每个月的满月之日定期召开，一旦通过狼群的审查，狼崽们就能够随心所欲地自由奔跑。在狼崽们杀死第一只公鹿前，狼群里的成年狼不得以任何理由杀死任何一只狼崽。一旦发现违规情况，那匹狼将被处以死刑。上述的丛林法则看似严苛，但只要你花些时间细想，便会知晓其中的缘由。

狼爸爸等到自己的孩子们能稍稍跑起来时,才在狼群大会之夜,带着一大家子以及莫格里前往会议之岩。这是一个布满石块和巨岩的小山头,可容纳上百匹狼藏身。在那儿,一匹名为阿克拉的大灰孤狼,凭借自身的力量和机智,成为狼群的头领。他舒展开四肢,卧躺在专属的石块上。在他的石块前,坐着四十多匹大大小小、颜色各异的狼。他们中不仅有毛色似獾、仅凭一己之力便可对付一头公鹿的捕猎老手,还有毛色黝黑、自认为单独拿下一头公鹿不在话下的三岁青年狼。孤狼阿克拉领导他们已经一年了。在他年幼时,曾两次落入捕狼陷阱,还曾差点儿被打死。正因如此,他对人类的行为习惯了如指掌。在会议之岩上,你几乎听不到狼群互相交谈。父母围坐成圈,让自己的孩子们在中央翻滚打闹。一匹年长的狼时不时会悄悄走到一只幼崽跟前,仔细地打量着小家伙,然后再悄无声息地回到自己的位置上。有时,一匹母狼会把她的孩子推出去很远,让他在月光的映照下被大家伙儿看清。这时,阿克拉会在他的石块上大声呼喊:"你们大家都知道丛林法则,你们大家都知道丛林法则。好好地看仔细咯,狼伙计们!"紧接着,焦急的狼妈妈们会接过话茬儿，跟着喊道："瞧一瞧，看一看，可得看仔细咯，狼伙计们！"

最终，眼看到了合适的时机，狼妈妈立起脖子上的鬃毛，看着狼爸爸将"青蛙莫格里"（他们这么称呼莫格里）推到圈子中央。他坐在那儿笑了起来，并把玩着几块小圆石头。这些石子在月光下熠熠生辉，闪烁着细碎的光芒。

阿克拉全程都将脑袋耷拉在爪子上，不断重复着单调的呼喊："好好地看仔细咯！"突然间，一声低沉的咆哮声从岩石后面传了出来，只听得谢尔可汗吼道："这个人类幼崽是我的，把他给我！你们这群自由民要一个人类幼崽做什么？"阿克拉甚至连耳朵都没有动一下，接着喊道："好好地看仔细咯，狼伙计们！除了自由民的命令外，其他命令与我们有何相干？好好地看仔细咯！"

一阵低沉的吼叫在会场上齐声响起。一匹四岁的青年狼将谢尔可汗的问题抛回给阿克拉："我们这群自由民要一个人类幼崽做什么呢？"根据丛林法则的规定，如果对幼崽被狼群接受的权利有争议，除了他的父母，狼群中至少得有两位成员出面替他说话。

"那么，有谁要为这个人类幼崽说话吗？"阿克拉问

013

道,"在我们这群自由民中,有谁想出面发言吗?"但可惜,每匹狼都一声不吭。狼妈妈不由得做好了准备。她知道,倘若事态演变到需要出面搏斗的状况,这将会成为她最后一场战斗。

此时,唯一获许参加狼群大会的异族动物——巴鲁,直立起后腿开始嘟哝起来。他是一只睡眼惺忪的棕熊,负责教授狼崽们丛林法则。老巴鲁可以随心所欲地自由来去,因为他仅以坚果、植物块根和蜂蜜为食。

"人类幼崽——人类幼崽?"巴鲁说,"我为这个小家伙说话。人类的幼崽不存在任何危害。我不善言辞,但我说的都是真话。就让他和狼群们一起奔跑吧!我会亲自教他的。"

"我们还需要另一位发言者,"阿克拉说,"巴鲁已经表态了,他可是负责教授我们孩子的老师。除了巴鲁,还有谁要为这个人类幼崽说话吗?"

一道漆黑的身影跃进狼群围成的圈中,他便是黑豹巴希拉。他全身的皮毛犹如墨汁一般乌黑透亮,身上的豹子斑纹在月光下仿佛波纹绸图案,层层起伏、闪闪泛动。丛林里的每一只动物都知晓巴希拉的大名,而且都不敢挡他的道。因为这只黑豹就像塔巴奎一样狡黠,像野生水牛一样骁勇,像受伤的大象一样无所顾忌。但即便如此,巴希拉却拥有一副甜柔的嗓音,堪比树上滴下的野生蜂蜜。此外,他还有着比鸟类绒羽还要柔顺光滑的皮毛。

"噢!阿克拉,还有你们这些自由民,"巴希拉发出了呜噜声,"虽然我无权参加你们的大会,但丛林法则有规定,倘若在涉及新生幼崽的问题上犯了疑问,只要这一问题尚未严重到需要取了孩子的性命,便可以通过一定代价买下这个幼崽。我记得,丛林法则没有规定过是由谁付出代价,我说的没错吧?"

"没错!没错!"年轻的狼们纷纷附和道,他们总是饥肠辘辘,"听听巴希拉的话。这个人类幼崽可以通过一定代价将其买下。丛林法则是这么规定的。"

"我知道自己没有权利在此发言,所以请求你们可以准许我继续说。"

"说吧。"二十匹狼高声回应道。

"杀死一个赤裸幼崽是可耻的。而且当这个人类幼崽长大后,他也能为狼族尽一份力。既然巴鲁已经替他说话了,那么在他的基础上,我会再加上一头公牛。这头牛不仅肉质肥美，而且刚被杀死，新鲜得很，这头大肥牛离这儿不到半英里的距离。如果你们愿意依据丛林法则，接受这个人类幼崽的话，那这头牛便是你们的了。对于你们狼群来说，收养一个人类幼崽应该不难吧？"

狼群中传出一阵喧嚣，他们开始七嘴八舌地议论："有什么关系！这个幼崽不仅会被冬雨冻死，还会被夏阳烤焦。单凭这个赤裸的小青蛙，能对我们构成什么威胁呢？就让他和狼群们一起奔跑吧。巴希拉，你的那头公牛藏在什么地方？我们同意接收这个人类幼崽了。"随后，阿克拉发出低吼，呼喊道："给我好好地、好好地看仔细咯，狼伙计们！"

莫格里仍沉浸在把玩小圆石头的乐趣中，丝毫没注意到狼们接二连三过来看他。最后，狼群下山去找那头死公牛，只剩阿克拉、巴希拉、巴鲁和莫格里所属的一大家子狼留在原地。黑夜中传来谢尔可汗的咆哮，他正因无法得到莫格里而火冒三丈。

"哎，好好地叫吧，"巴希拉边说边动了动他的髭须，"因为终有一天，这个没毛的小家伙定会让你发出别样的吼叫。倘若我说错了，那只能怪我对人类了解甚少。"

"说得好，"阿克拉说，"人类和他们的幼崽都非常聪明。也许这个小家伙在日后还能成为狼群的得力帮手。"

"那是肯定的，他会在你们需要的时候给予帮助。毕竟，可没法指望哪匹狼能做一辈子头领。"巴希拉说。

阿克拉没有说什么。他在想，每个狼群头领都会迎来这样的结局：气力渐衰，日益虚弱，最终被其他狼杀死。到那时，狼群又将迎来新的头领——直至这位新头领以同样的方式死去。

"带走他吧，"阿克拉对狼爸爸说，"记得把他训练成得体的自由民。"

就这样，莫格里凭借巴鲁的好话与一头公牛的代价，加入了西奥尼山狼群。

故事讲到这儿，得跳过整整十年或十一年的时光。至于这段时间中莫格里与狼群们相处的美妙生活，就得靠你自行想象了。你要满足于这本小书承载的内容，因为其中的故事足够写成好几本大部头。莫格里和狼崽们一起长大，虽然在他还是幼崽时，狼崽们都几乎变为成年狼了。在这段日子里，狼爸爸不仅教会他各种本领，还给他讲解丛林中各类事物的含义，直至小草发出的每阵沙沙声，温暖夜风中传来的每个呼吸起伏，头顶上空猫头鹰鸣唱的每个音符，蝙蝠在树上小憩时用爪子划出的每道抓痕，抑或是池塘中每条小鱼跃起时的阵阵溅水声，都深深刻进了莫格里的脑海中。他对于丛林里的每处动静都了如指掌，犹如商人对办公室的工作熟稔于心。

在不用学习时，莫格里会坐在太阳底下睡觉，并在饱餐一顿后，继续睡。倘若感觉脏了或是热了时，他便会去丛林的池塘中畅游一番；倘若想尝尝蜂蜜（巴鲁告诉过他，蜂蜜和坚果吃起来就像生肉一般美味），他会爬上树采蜜。爬树这项技能是巴希拉教会他的。这只黑豹会舒展四肢，卧躺在树枝上呼唤："上来呀，小兄弟。"起初，莫格里还会像树懒一般紧抱树干，后来他已经能像灰猿一样，勇敢地在树枝间跳来荡去。

他在会议之岩上也拥有了一席之地。在狼群聚集时，莫格里发现只要自己牢牢地盯着一匹狼，对方便会被迫低垂眼帘。于是，他为了好玩，总会盯上一匹狼。其他时候，莫格里会帮助狼朋友们拔下爪心里的长刺。对于狼来说，一旦身上被棘刺和刺果扎到，那可难受极了。

当夜幕降临时，他会下山来到农田中，好奇地打量着居住在小屋中的村民。因为巴希拉曾领他看过一个带有吊门闸的方盒子，告诉他这便是陷阱。这玩意儿很巧妙地藏在丛林的掩护中，让他差点儿走了进去。莫格里最喜欢的莫过于和巴希拉一道走入又暖又暗的丛林深处，他可以在那儿昏昏沉沉地睡上一整天，到了晚上就欣赏巴希拉精湛的狩猎技术。这只黑豹只要饿了，便会大开杀戒，莫格里也一样。但唯有一种动物例外，那便是牛。在莫格里长大懂事后，巴希拉告诉他，永远不要碰牛，因为他是以一头公牛的生命为代价，才得以加入狼群。"整座丛林都是你的，"巴希拉说，"只要你变得足够强壮，就能够随心所欲地展开捕杀。但因为你是以一头公牛为代价赎买来的，所以不论何时，你都不能杀牛，也不能吃牛肉。这是丛林法则的规定。"对此，莫格里一直忠实遵守。

男孩必将日渐成长，莫格里变得越来越强壮。但他并未意识到，自己不断学习着许多崭新知识。在他看来，"吃"是天底下最值得考虑的事。

狼妈妈曾几次告诉过莫格里，谢尔可汗是不可信的动物。有朝一日，他必须杀了这只老虎。即使是小狼也会时刻铭记这般忠告，但莫格里却抛之脑后，因为他仅仅是个小男

019

孩——如果莫格里会说人类的语言,他一定会以狼类自居,而非人类。

谢尔可汗经常会在丛林里走来走去。由于阿克拉日渐衰老,狼群里一些比较年轻的狼和这只瘸脚老虎成了至交,跟在其身后捡残渣吃。倘若阿克拉还能恰当行使自己的权力,他绝对不会允许这类事情发生。但现在,谢尔可汗会煽动蛊惑年轻的狼们。他说自己很疑惑,像他们这样优秀的年轻猎手,为何会满足于受垂死老狼和人类幼崽的领导。"他们告诉我,"谢尔可汗会说,"在狼群大会上,你们都不敢和他四目相对。"对此,年轻的狼们会竖起鬃毛,嗷嗷地咆哮。

由于巴希拉在四周都布有眼线,对于这件事他略有耳闻,曾几次絮絮叨叨地告诉莫格里,谢尔可汗有朝一日会杀了他。莫格里则笑着回应:"我不仅有狼群,还有你和巴鲁。虽然这只熊总是懒洋洋的,但他还是会为了我,扇谢尔可汗几巴掌。我为什么要怕呢?"

在非常温暖的一天,巴希拉生出了一个新念头——起源于他曾从豪猪伊奇那儿听说过的一件事。于是,他带莫格里来到丛林深处。等这个小家伙头靠着他柔美的黑色皮毛躺下后,他说:"小兄弟,还记得我和你说过多少次,谢尔可汗是你的敌人？"

"就和这棵棕榈树上结的果子一样多。"莫格里说，他自然对数数一窍不通，"怎么了？我好困，巴希拉。谢尔可汗不过就是一只尾巴长、嗓门大的老虎，就像孔雀玛奥一样。"

"现在不是睡觉的时候。这件事，不仅巴鲁和我知道，狼群们也知道，甚至就连那些愚笨至极的鹿也都知道，而且塔巴奎也和你讲过。"

"嗨！嗨！"莫格里说，"前不久，塔巴奎那家伙来找我说了些不干不净的话。他说我是一个没毛的人类幼崽，都不配去挖山核桃。于是，我抓起他的尾巴，把这家伙一连两次甩到棕榈树上，让他下次学乖点。"

"这样做可真傻。虽然塔巴奎喜欢搬弄是非，但他还是会说一些与你切身相关的事。睁大你的眼睛，小兄弟。谢尔可汗的确不敢在丛林里杀了你，但你要记得，阿克拉已经很老了，再过不久，他连公鹿都捕杀不了了。等到那时，他就再也没法担任狼群的头领。当年你第一次被带到狼群大会上时看过你的那些狼，很多也老了。年轻的狼们听信了谢尔可汗的教唆，他们认为人类幼崽不配在狼群中拥有一席之地。

你很快就要做回人类了。"

"如果我做回人类,是不是就不能和兄弟们一起奔跑了?"莫格里说,"我出生在丛林中,也遵守丛林法则,甚至还帮狼群里的每一匹狼拔过爪子上的尖刺。毫无疑问,他们都是我的兄弟!"

巴希拉伸直身子,半闭起眼睛,"小兄弟,"他说,"摸摸我的下巴。"

莫格里伸出他有力的棕褐色手掌,放到巴希拉光滑的下巴下方。纵然黑豹下颌壮硕圆润的肌肉均被其光洁的毛发覆盖,但莫格里还是摸到了一小块秃点。

"丛林里没有一只动物知道,我,巴希拉,身上有这个印记——颈圈留下的印记。小兄弟,我出生在人类世界,我的母亲也死在那儿,她死在乌代普尔王宫的牢笼中。正因为如此,在你还是个赤裸的小婴孩时,我在狼群大会上用一定代价赎买了你。是啊!我也是在人类世界出生的。而且在我年纪尚小时,从未目睹过丛林。我只能隔着栅栏吃人类装在铁盘中送来的食物。直到某天晚上,我才突然意识到,我可是巴希拉——一只不折不扣的黑豹——才不是人类的玩物。于是,我挥动爪子,一把砸开那把蠢锁,逃离了人类世界。

我很清楚人类会玩出什么把戏，所以我才会在丛林中成为比谢尔可汗更可怕的存在，不是吗？"

"是的，"莫格里说，"丛林里所有的动物都怕巴希拉，但我除外。"

"噢，因为你可是人类的幼崽。"黑豹异常温柔地说，"就像我回到自己所属的丛林，你最终也得回到人类世界——你如果没在狼群大会上被杀死，最终还是得回到你的人类兄弟身边。"

"但是为什么，为什么会有动物想要杀了我？"莫格里问。

"看着我。"巴希拉说。

莫格里直视着他的眼睛，不到半分钟，巴希拉就把头转到了一旁。

"这就是原因。"巴希拉边说边将爪子放到树叶上摩挲起来，"即使是我，也无法直视你的双眼。我出生在人类世界，而且还爱你，小兄弟。别的动物都恨你，因为他们无法和你对视，因为你聪明机智，因为你帮他们拔去爪子上的尖刺——更因为，你是人类。"

"我想不明白这些事。"莫格里沮丧地说着，浓黑的眉毛紧锁起来。

"丛林法则是什么？先动手，再动舌。正是因为你粗枝大叶，他们才知道你是一个人。你得聪明些。我很担心，阿克拉现在每次狩猎，都得花更多的精力才能捕到公鹿。倘若他在下次捕猎中不慎失手，狼群不仅会反对他，也会反对你。他们将在会议之岩上举办丛林大会。然后……然后……我有主意了！"巴希拉说着跳了起来，"你赶快下山到山谷间人类的小屋中去，摘一些他们种在那儿的红花。这样，到时你可就有比我、巴鲁，还有狼群中那些爱你的狼实力更强大的伙伴了。记得要摘那些红花。"

巴希拉说的红花指的是火。丛林中没有一只动物会用正经的名字称呼它。每只野兽都极度惧怕火，想出了上百种名字称呼它。

"红花？"莫格里问道，"就是种在他们小屋外，在暮色中绽放的花儿吧。我会摘一些回来的。"

"这才是人类幼崽该说的话。"巴希拉骄傲地说，"你要记得，它长在小盆子中。你摘花的时候，速度要快。然后，就把它放在你的身边，以备不时之需。"

"好的！"莫格里说，"我这就去。但我的巴希拉，你是不是很清楚……"他将手臂滑到巴希拉漂亮的脖颈处，凝望着黑豹的大眼睛，"很清楚，这一切都是谢尔可汗在搞鬼？"

"我以那把助我获得自由的破锁起誓，小兄弟，我对此非常肯定。"

"那么，我就以那头赎买我的公牛起誓，我会叫谢尔可汗为他的所作所为付出沉重的代价。而且，他也许还得多弥补我一些。"莫格里边说边蹦跳着下山去了。

"这才表现得像个人，这才表现得像个彻彻底底的人。"巴希拉说着，再次躺了下来，"噢！谢尔可汗，十年前捕猎青蛙莫格里，应该是你捕猎生涯中最糟糕的一次体验吧？"

莫格里在森林里越跑越远。他拼命跑着，一颗心在胸腔里滚烫不已。当夜雾弥漫之时，他来到狼穴歇了一口气，并向山谷处眺望起来。此时，狼崽们都出去了，只剩下狼妈妈还待在洞里。她一听到莫格里发出的气吁声，就知道她的小青蛙正为某些事情所困扰。

"发生什么事了，我的儿子？"她说。

"是谢尔可汗在搞鬼。"他回答道，"今晚我会在耕地中狩猎。"他穿过灌木丛，向着山下一跃而下，来到山底的小溪边上。在那儿，他停下了脚步，因为他听到狼群狩猎时发出的叫嚷声，黑鹿被捕猎时发出的嘶鸣声，以及公鹿无路可逃时发出的鼻息声。随后，年轻的狼们发出恶毒愤懑的嗥叫："阿克拉！阿克拉！快让这匹孤狼展示一下他的威力。给狼群的头领让个道啊！跳起来啊，阿克拉！"

莫格里听到这匹孤狼牙齿间发出的噼啪声时，就知道他一定白跳一场，啥也没捕到。紧接着，黑鹿的前蹄踢翻阿克拉，让他痛得嗥叫起来。

莫格里没有再听下去，他转而向前奔去。身后的叫喊声越来越微弱，一直到他跑进农田中，便没了动静。

"巴希拉说的都是真的，"莫格里喘着气，倚卧在一间小屋窗边的牛饲料堆上，"对于阿克拉和我来说，明天会是个重要的日子。"

他把脸贴近窗户，注视着壁炉里的火苗。他看见农夫的妻子在夜里起身，往炉里加了一些黑乎乎的方块儿。清晨来临，四周的晨雾又白又冷。莫格里看见农夫的孩子端起一个柳条编制的泥土盆子，往里面装了好几块烧红的木炭，盖上毛毯，抱着它走出屋子，去牛棚里照顾牛们。

"就这样吗？"莫格里说，"如果人类的幼崽都可以做到，那就没什么好害怕的。"于是，他转过屋角，阔步向那个孩子走去。莫格里从小男孩的手中一把抢过盆子，随后便在晨雾中消失了身影，只留下小男孩被吓得在原地号啕大哭。

"这些人和我可真像。"莫格里说。他照着农夫妻子的动作，对着盆里吹气，"如果我不给这玩意儿一点东西吃，它可能会死掉。"他往这团红红的东西中扔了些细树枝和干树皮。上山时，他在半路碰见了巴希拉。清晨的露珠滴落在他的皮毛上，犹如月长石[1]一般，闪烁着晶莹剔透的光芒。

"阿克拉不见了，"黑豹说，"狼群本来昨晚就要杀了他，但他们还想将你一道杀死。现在，这群狼正在山上找你呢。"

"昨晚我去了耕地里。现在，我已经做好了准备。快看！"莫格里举起了手里的火盆。

"真棒！不过，我曾看过人类将干树枝戳进那团东西里，不一会儿就让树枝的底端开出红花。你不怕吗？"

---

1 月长石，亦称"月光石"。具乳光的长石类宝石的总称。

"才不呢。我为什么要怕它呢？我现在记起来了。如果一切不是做梦的话，在我成为狼群中的一分子前，我曾躺在红花旁，感受过它的温暖和惬意。"

那一天，莫格里坐在狼穴中照料着他的火盆。他将干树枝丢入其中，打量着它们在火中变化的样子。最终，他发现了一根让自己十分满意的树枝。到了晚上，塔巴奎来到洞里，万般粗鲁地告诉莫格里，群狼要他前往会议之岩。听完后，莫格里忍不住大笑起来。一直到塔巴奎一溜烟儿跑走了，他还在不停地笑着。甚至当他抵达狼群大会的场地时，他还在哈哈笑着。

孤狼阿克拉躺卧在会议之岩旁，这意味着狼群头领的位置空了出来。谢尔可汗带着捡他剩饭吃的狼小弟们，大摇大摆地四处走动，接受着奉承。巴希拉紧紧地贴着莫格里，火盆摆在莫格里的膝盖下方。当他们全员到齐后，谢尔可汗开始发言——这只老虎没胆儿在阿克拉掌权时期，干出这种事。

"他没有这个权利，"巴希拉对莫格里轻声耳语道，"你到时就这么说，说他不过是个狗儿子。他肯定会害怕的。"

莫格里跳了起来。"自由民们！"他大声呼喊道，"谢尔可汗有什么资格领导狼群？一只老虎凭什么要插一脚来管我们？"

"看看，狼群头领的宝座都空出来了。而且，我可是受到狼群的邀请才发言的……"谢尔可汗说。

"受到了谁的邀请？"莫格里说，"难道我们都是豺，非得巴结你这个捕牛屠夫？只有狼，才能做狼群的头领。"

"给我闭嘴，你这个人类幼崽！""让他说下去，毕竟这孩子一直都遵守我们的法则。"狼们纷纷叫嚷着。直到最后，狼群里的年长之狼发出雷鸣般的吼声："让那匹死狼说句话。"当狼群的头领在捕猎中失了手，即使他还活着，都会被冠以"死狼"的称呼。一般来说，这匹狼也活不了多久了。

阿克拉疲惫地抬起苍老的头颅。

"自由民们啊，还有你们，谢尔可汗的狐朋狗友们。我领导了你们整整十二个春夏秋冬，带着你们来来回回开展狩猎。在那些日子里，你们没有一匹狼落入过人类的陷阱，或是受伤致残。而现在，我却不行了，打个猎都会失手。你们应该很清楚，这一切是怎样的阴谋诡计。你们应该很清楚，你们大家是如何将我领到一头非常精壮的公鹿面前，让我的弱点暴露无遗。干得真不错啊！你们有权利将我杀死在会议之岩上。那么现在，我想问，会是哪匹狼来了结我这头孤狼的性命？依据丛林法则，我可是有权要求你们一个接一个地上。"

紧随其后的是长久的寂静。没有一匹狼敢站出来与阿克拉决一死战。于是，谢尔可汗咆哮道："我呸！我们为什么还要管这匹没牙的蠢狼？他注定得死！反倒是这个人类幼崽活得够久了。自由民们，这个幼崽一开始就是我嘴里的猎物。把他送到我的手上。我早就烦透了又是人又是狼这种蠢事。他整整十年都搞得这座丛林鸡犬不宁。把这个人类的幼崽交给我，不然的话，我就将在这个地盘一直狩猎下去，连一根骨头都不会赏给你们吃。这个幼崽是个人类，他可是人类的孩子。我打从心底恨他！"

随即，超过半数的狼叫唤起来："他是个人类！他是个人类！一个人类关我们狼群什么事儿？让他滚回自己的地方去吧。"

"你们想让全村的村民都来找我们麻烦吗？"谢尔可汗呼喊道，"不，把他给我。他是个人类，我们当中谁也没有本事和他四目相对。"

阿克拉再次抬起头说:"他一直和狼群吃在一起,睡在一起。他还一直为我们驱赶猎物。而且,他一直遵守着丛林法则,从未违反过。"

"再说了,我当时可是以一头公牛为代价,让他成为狼群的一分子。虽然一头公牛值不了什么,但为了我自己的荣誉,或许是时候打一架了。"巴希拉用他最为轻柔的嗓音说。

"不过是一头十年前赎买的公牛!"狼群嗥叫道,"我们怎么会在意一堆十年前的骨头?"

"就连十年前定下的约定都可以不管吗?"巴希拉边说边露出了嘴唇下方白晃晃的獠牙,"怪不得你们狼会被叫作自由民。"

"没有一个人类幼崽可以和丛林里的生灵一道奔跑,"谢尔可汗怒吼道,"把他给我!"

"他虽然和我们没有血缘关系,但就各方面而言,他足以算得上是我们的兄弟。"阿克拉继续说,"你们却要在这儿将他杀死!事实上,我也活得够久了。你们当中有一些狼已经开始吃牛了,而且我还听说,甚至在谢尔可汗的教唆下，有些狼还趁着夜色潜入村民家中掳走他们的孩子。也正因此，我很清楚，你们都是一群懦夫。我不过是在和你们这群懦夫浪费口舌。我确实得死，而且我的性命也算不上啥。不然的话，我还想以此来换取人类幼崽在狼群中的一席之地。考虑到狼群的荣耀——虽然你们这群狼在没了头领的领导后，早已将荣耀这件小事忘得一干二净——我答应你们，只要你们肯让这个人类幼崽回到自己的应属之地，在我濒死的那一刻，我不会向你们龇牙，甚至都不会和你们打斗。这样狼群中至少有三匹狼可以保住性命。其他的我也做不了什么。倘若你们能够听我的话，不杀害这个人类幼崽，还是可以挽回一些颜面。这个幼崽是我们的兄弟，他什么错都没有犯。而且他还是依据丛林法则，在有动物为他说话并赎买他的前提下，才成为我们当中的一分子。"

"可他是个人类！是个人类！是个人类啊！"大部分狼开始聚集到谢尔可汗的身旁，这让谢尔可汗开始摆动尾巴。

"现在就要看你的了，"巴希拉对莫格里说，"我们除了放手一搏，别无他法。"

莫格里站直了身体，手里端着火盆。随即对着参会的动物们打呵欠、伸懒腰。其实他心里因盛怒与悲痛而狂暴不已，他没想到，这群狼也不曾告诉过他，他们究竟有多恨他。"你们都给我听着！"莫格里放声喊道，"你们没必要像狗一样，嗷嗷地叫嚷个不停。今晚你们已经告诉过我很多次了，说我是个人类（但事实上，我本来一直打算，要以一匹狼的身份活到自己死去的那天）。而我感到你们说的都是真话。所以，我不会再将你们称为我的兄弟，而是像人类一样用狗来称呼你们。你们想做什么，不想做什么，可不由你们说了算，决定权现在到了我的手上。我们把一切都弄简单些。我，一个人类，可是带了一点你们这群狗害怕的红花来到这儿。"

莫格里将火盆往地上一丢，飞溅出的几块红炭点燃了一簇干苔藓，让其瞬间蹿起了火苗。一看到跳动的火焰，会场上所有的狼都吓得往后退了几步。

莫格里将那根干树枝伸入火中，一直到上面的小细枝燃起火花、噼啪作响时，他才将其举过头顶，在空中划出一个个火圈，群狼害怕得直哆嗦。

"你主导一切了，"巴希拉低声地说，"快救救濒死的阿克拉吧，他可一直是你的朋友。"

阿克拉这匹老倔狼，此前从未要求过任何动物发慈悲。

这时的他，却可怜巴巴地冲莫格里看了一眼。这个人类幼崽全身赤裸地站在那儿，乌黑的长发披散在肩头，映照在树枝燃起的熊熊火光中。在一片炽热的光芒中，各色身影弹跳而起，不停地颤抖着。

"好！"莫格里边说，边缓缓地环视了一圈，"我可看清你们的真面目了，不过是一群狗罢了。我会离开你们，回到自己人的身边——如果他们能算是我同类的话。既然丛林对我关上了大门，我就应该忘记你们的话语与陪伴。但我一定会比你们这群狗仁慈。也许我们没有血缘关系，但我在各方面都称得上是你们的兄弟。我保证，即使我成为人类世界的一分子后，也不会把你们出卖给人类。我才不会干出像你们一样背弃兄弟的事儿。"他用脚踢了一下火堆，让其溅出闪闪火花，"我们狼群的任何一匹狼都不该自相残杀。但在我离开之前，还有一笔债要还。"他大步向前走去，来到谢尔可汗的跟前。这只老虎正呆呆地看着火焰，不停地眨着眼睛。莫格里一把抓住他下巴上的一簇毛。为了避免发生意外，巴希拉一直跟在莫格里的身后。"给我站起来，你这条狗！"莫格里呼喊道，"当一个人类和你讲话时，你得给我站起来！不然的话，我就烧了你的一身毛！"

谢尔可汗吓得耳朵都紧紧贴在脑袋上，变成了两条平平的线。他闭起双眼，因为燃烧的树枝离他很近。

"这头捕牛屠夫曾说过，他会在狼群大会上杀了我，因为他当年在我还是个婴孩的时候，曾放了我一马。既然这样，那么我就让你看看，人类是怎样教训狗的。朗格利，只要你敢动一下胡须，我就把这朵红花塞进你的嘴里！"莫格里用树枝大力击打着谢尔可汗的脑袋，让这只老虎极度惧怕，发出了呜咽、悲鸣。

"我呸！你这只烧焦的丛林猫，快给我滚！给我记住，当我下次再来会议之岩时，我势必会以人类的身份出现，到时候，我头上披着的就是你谢尔可汗的皮。还有一件事，我要求让阿克拉去他想去的地方自由生活。你们不能够杀了他，因为这不是我想见到的事。同样，我也不想看到你们继续坐在这儿，伸着舌头，搞得你们好像一群大人物似的。你们不过就是一群我要赶走的狗！就像这样！给我滚！"火焰在树枝的底端剧烈燃烧着。莫格里拿着火把，开始在狼群围着的圈子里横冲直撞，四处出击。当火花蹿到狼群的皮毛上烧起来时，他们全都嗥叫着逃走了。最终，会场上只留下阿克拉、巴希拉，还有和莫格里同属一个阵营的大约十匹狼。

一时间，莫格里感到内心深处似乎有什么东西开始作痛，他原来可从未体验过这种痛苦。他大口喘气，不停抽噎，泪水从他的脸庞上滑落而下。

"这种感觉是什么？这种感觉是什么？"他说，"我根本不想离开丛林，我不知道这种感觉是什么。我是不是快要死了，巴希拉？"

"才没有呢，小兄弟。这不过是人类会流下的眼泪。"巴希拉说，"从现在起，我知道你已经成为一个男人，不再是人类幼崽了。今后，丛林的大门就真的对你关上了。就让它们流下吧，莫格里。它们不过是你的眼泪罢了。"于是，莫格里坐了下来，开始号啕大哭。他哭到心仿佛都要破碎一般，他长这么大，第一次哭得这么惨。

"现在开始，"莫格里说，"我就去人类世界生活了。但我得和我妈妈告别。"他来到狼妈妈和狼爸爸居住的洞穴中，趴在她的身上哭个不停，一旁的四只狼崽也悲伤地嗥叫起来。

"你们不会忘了我吧？"莫格里问道。

"只要我们还能追踪猎物的踪迹，就一定不会忘了你。"狼崽们回应，"当你成为人类后，记得来山脚下看看我们，我们会和你说话的。我们也会在晚上跑到庄稼地中找你玩。"

"早点回来！"狼爸爸说，"噢！聪颖的小青蛙，一定早点回来，因为你妈妈和我都老了。"

"一定早点回来，"狼妈妈附和着，"我的小裸儿子。听妈妈说，虽然你是人类的孩子，但我爱你胜过爱自己的孩子。"

"我一定会回来的，"莫格里说，"当我再回来时，一定会把谢尔可汗的虎皮铺在会议之岩上。你们别忘了我！记得告诉丛林里的伙伴们永远不要忘了我！"

当天蒙蒙亮时，莫格里独自踏上了下山的旅程，他准备要去见一见那些被称为人类的神秘生物了。

西奥尼山狼群的狩猎之歌

黎明破晓,黑鹿长鸣,

一声,两声,又一声!

雌鹿跃起,再跃起,

她在野鹿饮水的林间池塘边跃起。

这可被我,独自侦察的狼所看见,

一遍,两遍,又一遍!

黎明破晓,黑鹿长鸣,

一声,两声,又一声!

狼儿偷返,再偷返,

只为把话儿带给等待的狼群。

我们搜寻,我们发现,我们沿着他的踪迹嗥叫,

一遍,两遍,又一遍!

黎明破晓,狼群长嗥。

一声,两声,又一声!

我们的脚在丛林里不留痕迹!

我们的眼在黑暗中看得一清二楚,一清二楚!

我们的舌——伸出舌头唱起这首歌!听!噢,听啊!

一遍,两遍,又一遍!

卡阿的狩猎

猎豹身上的斑点是他们快乐的源泉,

水牛头上的犄角是他们骄傲的财富。

一定要保持干净整洁。

猎手的力量可是看一眼皮毛的光泽便能知晓。

倘若你发现,小公牛能够抛起你,粗眉黑鹿能够用鹿角伤害你,

可别停下手里的活儿来告诉我们,

我们早在十个春夏秋冬前就已了然于心。

别折磨新来的小家伙们,记得要把他们当成弟弟妹妹来热烈欢迎。

也许他们是一群胖乎乎的小崽子,却可能是巨熊的孩子。

"谁都比不过我!"幼崽在首次捕猎时,会扬扬得意地说出此话。

但丛林茂密辽阔，而他不过是一只渺小的动物罢了。

要叫他仔细想想，保持安静。

——巴鲁的座右铭

这一章的所有故事，都发生在莫格里被赶出西奥尼山狼群前的一段时间。在当时，他还没有向谢尔可汗展开复仇。棕熊巴鲁在那段日子中一直教授他丛林法则。别看这头上了年纪的大棕熊总是一副严肃的模样，但他很开心遇到一个如此聪颖的学生。要知道，小狼们不过是学些适用于自己狼群和部落的丛林法则，如果要他们背诵狩猎之诗，这群小家伙就一下子全跑光了。这首诗是这么写的："脚步得轻，千万别出声；眼睛得亮，在黑夜中也能看得一清二楚；耳朵得灵，在自家窝里都能听见风声作响；白牙得尖，这事儿也得牢牢记得。这些都是我们兄弟身上的标记，但得排除豺和鬣狗，我们都恨他们。"但是莫格里作为人类幼崽，要学的东西可比这些多得多。有时黑豹巴希拉会来丛林里四处闲逛，看看小家伙的学习情况。当莫格里向巴鲁背诵一天的学习内容时，巴希拉会将脑袋靠在树上，发出愉悦的呼噜声。

莫格里不仅会爬树，还擅长游泳和奔跑。所以巴鲁作为他的老师，还教会了他林间和水中法则：如何分辨好树枝和烂树枝；当遇上离地五十英尺高的蜂巢时，如何和野蜂们展开友好交谈；倘若在正午时分打搅了树枝间休憩的蝙蝠芒恩，应该对他说些什么；在跳入水池溅起水花前，应该对生活其中的水蛇们作何警告。丛林里生活的动物们不喜欢被人打扰，他们都做好充足准备，给侵入者们一顿飞扑痛击。此外，莫格里还学会了和外来狩猎者打招呼。丛林里的动物一旦要在自己领地以外的区域狩猎，不论何时，他都得不停地大声呼唤，直至得到对方的回应。他们之间打的招呼是："我饿坏了，让我在这儿捕点猎物吧。"对方回应的话是："我同意了，但你狩猎只能是为了觅食，而非寻欢作乐。"

通过以上所有内容你便能明白，莫格里得用心记住许多东西。为了学会一项本领，他得重复上百遍，这种学习方法让他感到无比厌倦。但就像那天莫格里被打耳光，负气跑开后，巴鲁对巴希拉说的那样："人类幼崽终归是人类的孩子，他必须学会所有的丛林法则。"

"但你要想到，现在的他不过是个幼崽，"黑豹说——如果让巴希拉以自己的方式教导莫格里，这只黑豹绝对会把他宠坏，"就凭他一丁点儿大的小脑袋，怎么能装得下你所有的长篇大论？"

"丛林里有什么动物会因为年纪太小，而被狩猎者放一马吗？从来没有。也正因此，我才要教他这些知识。还不是因为这小家伙全都忘了，我才轻轻地打了他一下吗？"

"轻轻地！你知道什么力度才配称得上'轻轻地'吗？你这个老铁熊掌！"巴希拉不满地咕哝，"他今天可是因为你'轻轻地'一打，整张脸都青肿了，哼！"

"即使他从头到脚，都被我打得满是瘀青，那也总好过他因为自己的无知受到伤害。"巴鲁非常认真地回应着，"我现在可是在教他丛林主人之言，这种语言能保护他免受鸟类、蛇类，以及除他生活的狼群外所有四脚猎手的伤害。主人之言可以保护他，只要他能背下这些话，就可以获得丛林四面八方的保护。就这点来说，还不值得挨一下打？"

"好吧，不过你得留心点，别把人类幼崽打死了。他可不是供你磨自己钝熊爪的树干。不过话说回来，主人之言是什么？我除了想知道它的内容，也想看看能不能帮到你们。"巴希拉伸出一只爪子，欣赏着其底端似凿子一般锋利的钢蓝色爪尖，"我还是想了解一下。"

"我把莫格里叫来，如果他愿意的话，他会告诉你的。来吧，小兄弟！"

"我的头就像一棵满是蜜蜂的树一样，嗡嗡地响个不停。"一个细细的声音从他俩头顶上方传来。莫格里怒气冲冲地顺着树干滑落下来，落地后他说："我是为了巴希拉才下来的，才不是为了你，老胖巴鲁！"

"对我来说，都是一个样。"虽然莫格里的话语伤了巴鲁，让他伤心不已，但他还是开口道，"来，告诉巴希拉，今天我都教了你哪些丛林主人之言？"

"我要说针对哪种丛林居民的主人之言呢？"莫格里问道，此时的他开心极了，想好好展示一番，"丛林里能说的话成百上千，我对每一种都非常熟悉。"

"你也就知道一点，没有很多。噢，巴希拉，你看啊！这帮小崽子从来不会感谢自己的老师。还没有一只小狼崽懂得回来答谢老巴鲁的教导之恩。优秀的小学者，你就说说针对狩猎居民的主人之言吧。"

"你和我，我们都是血脉相通的一家人。"莫格里说，他开始念叨起棕熊专门强调过的，适用于丛林里所有狩猎居民的话语。

"表现得不错。现在来说说针对鸟类的主人之言。"

莫格里开始背诵起巴鲁教他的话,并在每句话的末尾都加上了鸢鸟发出的啭鸣声。

"现在来说说针对蛇类的主人之言。"巴希拉说。

回应他的是一种完全难以形容的蛇类嘶嘶声。随即,莫格里向后踢了踢脚,拍起手为自己喝彩。他跳到巴希拉的背上,侧身坐下,并用脚后跟在其光滑的皮毛上敲出咚咚的响声。与此同时,他还给一旁的巴鲁做了个他能想到的最丑鬼脸。

"够了,够了!看来身上受点小伤还是值得的。"棕熊温柔地说,"有朝一日,你会记住我的。"然后,他转过身告诉巴希拉,他可是对无所不知的野象哈希苦求了一番,才跟这头大象学会主人之言。此外,巴鲁也提到,由于自己无法发出蛇的声音,哈希还带莫格里下到池塘边,跟水蛇学会了蛇类语言。最后,这头棕熊还补充道,莫格里现在的处境还算安全。他已经能应对丛林里发生的各种事情,不论是蛇类、鸟类,还是野兽们,都不敢伤他分毫。

"没必要害怕什么了。"巴鲁边总结边骄傲地拍了拍自己毛乎乎的大肚子。

"除了他自己的族群。"巴希拉低声说，随后他提高嗓门对莫格里喊道，"小兄弟，当心些我的肋骨！你在我身上上蹿下跳做什么呢？"

莫格里拽着巴希拉肩上的皮毛，并大力踢了踢他。他想用这般动作，让巴鲁和巴希拉注意听他说话。当他俩开始注意听他发言时，他用自己最大的音量喊道："所以呀！我将会拥有属于自己的族群！然后整天领着他们在树枝间晃来荡去。"

"这个新想出的傻念头是怎么回事，小梦想家？"巴希拉说。

"对，然后我们就朝老巴鲁丢树枝和脏东西，"莫格里继续说，"那些猴子可是答应过我这件事。啊！"

"嗷！"巴鲁用硕大的熊爪将莫格里从巴希拉的背上扫了下来。只见莫格里坐在巴鲁的两只大前爪中间，察觉到棕熊的熊熊怒火。

"莫格里，"巴鲁说，"你和那些猴民——班达尔-洛格说过话了？"

莫格里望向巴希拉，想看看他是不是也生气了。但他看到的，不过是巴希拉那双似玉石般坚硬冰冷的双眸。

"你竟然和那帮猴民——那群灰猿,那些毫无法则可言的猴子,那些见啥都吃的饭桶——混在一起!这件事太丢脸了。"

"当时巴鲁打伤了我的头,"莫格里说(他仍仰躺在熊掌中间),"我就跑开了,那群灰猿都从树上爬下来可怜我。其他动物可没有来关心我。"他稍稍抽了抽鼻子。

"猴民们的同情!"巴鲁轻蔑地哼了一声,"这得等到山溪停流、夏阳变冷才会出现!然后发生什么事了,小崽子?"

"然后……然后,他们给了我坚果和好东西吃。他们……他们还用胳膊抱起我,把我领到树顶上,说我和他们是血脉相通的兄弟,只不过我没有尾巴罢了。他们还说,有朝一日我会成为他们的头领。"

"他们可没有头领,"巴希拉说,"他们在撒谎,这帮猴子总是撒谎。"

"但他们都非常友好,而且还请我下次再去做客。为什么你们之前从来不带我去找这些猴子呢?他们可以像我一样双脚站立。他们也不会用坚硬的爪子伤害我。他们整天都在玩耍。让我起来!坏巴鲁,让我起来!我要再去找他们玩。"

"给我听着,小崽子,"棕熊说,他的声音犹如炎热夜晚响起的隆隆雷声,"我教会了你适用于丛林里所有动物的所有法则,就是唯独没有教给你住在树上的猴民的相关知识。他们没有任何法则可言,不过是一群丛林弃儿罢了。他们连属于自身的语言都没有,只会说些偷听来的只言片语。此外,他们还会躲在树枝间偷窥,等待出手的机会。他们的生活方式和我们不同。他们既没有头领,也没有任何记性。他们只会到处吹牛,吱吱乱叫,摆出一副大人物的模样,假装要在丛林里做出一番壮举。但只要有一颗坚果落下,他们就会立马转变想法,开始嘻嘻哈哈,把一切全都抛到脑后。我们这些丛林居民不愿和这帮泼猴有什么瓜葛。凡是他们喝过水的地方,我们不去;凡是他们去过的地方,我们不去;凡是他们狩猎过的地方,我们不去;凡是他们离世的葬身之地,我们也不去,我们都不想和他们死在同一个地方。迄今为止,你有听我提起任何关于班达尔-洛格的事情吗?"

"从来都没有。"莫格里小声地说。待巴鲁说完后,整座森林变得静悄悄的,听不到一点儿动静。

"丛林里的居民既不提起他们,心里也不想他们。这群泼猴数量众多，邪恶肮脏，而且还无耻至极、贪得无厌。如果说他们有什么持久不变的愿望，那便是渴望成为丛林里大家关注的焦点。但不论他们再怎么冲我们的头上扔坚果和脏东西，都没有人会去注意他们。"

还没等巴鲁把话说完，一大堆坚果和细树枝便纷纷扬扬地从树枝间洒落而下。他们能听见头顶上树枝间传来的咳嗽声、嚎叫声，以及生气的跳跃跺脚声。

"绝对不要提起猴民，"巴鲁说，"你要记住，对于丛林里的居民来说，他们可是禁忌。"

"确实是禁忌。"巴希拉说，"不过我还以为，巴鲁早就告诫过你不要招惹他们。"

"我——我？我怎么能想到，他会跑去和那帮脏东西玩到一起？这帮破猴子，我呸！"

突然间，又是一大堆东西落到他们的头上。见此状况，两只动物便带着莫格里匆忙离开。巴鲁对于这帮猴子的评价非常到位。他们属于树顶。由于野兽们很少往上看，这群猴子很少有机会碰见丛林居民。但只要他们发现了生病的狼、受伤的老虎或熊，就会折磨他们。这帮猴子会冲任何野兽扔枝条和坚果，并以此为乐，希望获得关注。随后，他们还会吼叫着唱出一些毫无意义的歌曲,并招惹丛林居民爬上树去,和他们拼个你死我活。不然的话,他们族群内部会无缘无故地展开激烈的打斗,被打死的猴子尸体会被丢在丛林里显眼的地方。他们总是说自己即将拥有头领、族群法则和处事规范,但他们从未将这些事情落实,毕竟他们过了一天就什么也记不住了。为此,这群猴民便编了一条顺口溜来解决问题:"班达尔-洛格现在想到的事儿,丛林居民们得到日后才会想到。"这样一来,他们便能极大地安慰自己。没有一只野兽能碰到他们,但另一方面,也没有一只野兽会注意到他们。这也是为什么,当莫格里去找他们玩耍时,他们会如此欢欣雀跃,但他们随即也听到了巴鲁对此的生气态度。

这帮猴子总是点到为止——班达尔-洛格不打算做任何事。但他们中的一只猴子却想到了一个主意。在他看来,这个主意好到无与伦比。他告诉其他猴子,倘若能够把莫格里留在猴群里,这小家伙一定会成为一个有用的人,毕竟莫格里会将树枝编成防风的屏障。如果他们能抓住他,就可以迫使他教导他们。莫格里作为伐木工的孩子,继承了各种木工本能。他能不假思索地用掉落的树枝造出小木屋。当在树上看见莫格里制作的过程时,猴民们都觉得他的这项技能神奇至极。这一次他们说，猴群不仅会迎来一位真正的头领，而且还会一举成为整座丛林里最聪颖的族群，让其他动物都注意并嫉妒他们。因此，他们便悄悄地跟在巴鲁、巴希拉和莫格里的身后，跟着他们一道穿行在丛林中。午休时间到了，睡在黑豹和棕熊中间的莫格里，对自己的所作所为感到羞愧不已。他决定不再和那帮猴民继续往来。

随后，他感到自己的腿上和手臂上出现许多只手，这些小手既结实又有力。紧接着，一堆树枝冲他的脸飞扑而来。他瞪大双眼，透过晃动的大树枝往下一看，发现巴鲁正用低吼惊醒丛林里的生灵，而巴希拉则跃上树干，将一口獠牙悉数展露。班达尔-洛格发出了胜利的嚎叫，他们边互相扭打着，边蹿到了巴希拉不敢尾随的高树枝上，大声喊道："他注意到了我们！巴希拉注意到了我们！所有的丛林居民都要钦佩我们出色的本领和聪明的头脑。"然后，他们开始在林中飞荡起来。

这帮猴民在树林间飞来荡去，根本没人能用语言描述这一景象。不论上山还是下山，他们都有着固定的移动路线和交叉路口，而这些路线和交叉路口无一不是设在离地五十至七十甚至一百英尺高的半空中。即便遇上需要夜晚行动的情况，他们也能驾轻就熟地穿行林间。两只最强壮的猴子架起莫格里的胳膊，带着他在树顶间荡来荡去，每跳一次的距离都长达二十英尺。要是这帮猴子独自在树间飘荡的话，他们的移动速度可比这还要再快一倍，男孩的体重让他们放慢了脚步。虽然莫格里感到头晕、恶心，虽然向下望去，离地高度让他心生畏惧，虽然每次飞荡时，身旁掠过的除了空气，别无他物，虽然每次飞荡结束时的急刹车和猝然动弹都让他的心蹦到了嗓子眼，但他还是忍不住享受这充满野性的狂奔。他的护卫猴们带他蹿到了一棵树的顶部，在那儿，他感到身下最细的树枝噼啪作响，全都被压弯了腰。随后，在一阵咳嗽和吼叫声中，他们向外或向下飞弹而出，并将手或脚挂在了旁边一棵较低的树的大树枝上。莫格里有时能在静谧的苍绿丛林中，远眺上百英里。他感觉自己仿佛站在船桅顶部，纵览浩瀚蓝海。但随即扑面而来的树枝、叶片抽打着他的脸庞，他和两只护卫猴直往下掉，差点儿又要落回地面。就这样，整个班达尔-洛格猴群带着他们的俘虏莫格里，一道在林间蹦来跳去、到处乱跑、横冲直撞、乱喊乱叫。

他一度担心自己会掉到地上，然后便生气了，但他也很清楚，与其和这群猴民干上一架，还不如见机行事。于是，他开始思考起来。他想到的第一件事便是给巴鲁和巴希拉捎话。但考虑到猴子们的移动速度,他的两个朋友肯定已经被远远地甩在身后了。由于向下望的可视范围仅限树枝的顶部,于是他便向上望去,远远地就看见鸢鸟莱恩正在蓝天中翱翔。他时而保持身体的平衡,时而盘旋飞着。但同时,莱恩也不忘盯着丛林各处,等待猎捕濒死的动物。突然间,莱恩发现这帮猴子正挟着某件东西,便飞低几百码[1],想看看他们带的东西是否好吃。但当他发现莫格里被他们带着蹿到树顶时,不禁惊讶地啭鸣起来。他听到这个人类幼崽在用鸢鸟的语言大声呼喊着:"你和我,我们都是血脉相通的一家人!"随即,层层叠叠的树枝遮蔽了男孩的身影。于是,莱恩快速飞到另一棵树的上空,才看到那张棕色的小脸再次露出来。"记住我的踪迹!"莫格里喊道,"告诉来自西奥尼山狼群的棕熊巴鲁,还有来自会议之岩的黑豹巴希拉。"

"我要以谁的名义捎话给他们呢,小兄弟?"虽然莱恩之前从未见过莫格里,但还是听说过他。

"以青蛙莫格里的名义。他们都管我叫人类幼崽!要记

---

[1] 码,英美制长度单位。1码≈0.9144米。

住我的踪迹啊！"

在被猴子们带着荡向空中时，莫格里尖声喊出了最后一句话。莱恩点了点头，径直向上飞去，直到他看上去变得像一颗灰尘那么小时，才停了下来，用那双如望远镜一般锐利的双眸，注视着莫格里的护卫猴们飞荡时引起的树顶摆动。

"他们从来都不会走远，"莱恩咯咯笑着说，"他们就是一群做事有始无终的动物。班达尔-洛格就是这副德性，总喜欢不停琢磨新花样。如果我还算有眼力的话，他们这次可是给自己找了大麻烦。据我所知，巴鲁可不是蹒跚学步的幼鸟，而且，黑豹巴希拉还能猎捕比山羊跑得更快的猎物。"

于是，他轻轻摇动自己的双翼，将双足收拢于腹部下方，开始等着看一出好戏上演。

与此同时，巴鲁和巴希拉正气得怒火中烧，悲痛不已。巴希拉以一副反常的姿态爬起树来。细嫩的树枝在他的体重作用下被悉数压断。而他则从树上滑落而下，抓了满爪子树皮。

"你为什么没有告诫人类幼崽？"巴希拉吼向可怜兮兮的巴鲁。这头棕熊刚笨拙地迈开步子，打算小跑着追上猴子们。"你用熊掌把他打个半死,却根本不警告他,你这样做到底有什么用?"

"快点儿!噢,快点儿!我们……我们也许还能追上他们!"巴鲁气喘吁吁地说。

"用这个速度追他们?这个速度可是连受伤的牛都不会累。你作为教导丛林法则的老师,还是个会打幼崽的熊,你这个左摇右摆的鬼样子撑死跑上一英里,就累到爆炸了。安静坐下来想想吧!我们一起想个办法。现在不是忙着追猴子的时候。倘若我们跟得太近,他们也许会将莫格里一把扔下去。"

"哎哟喂!嗷!这帮家伙可能早就嫌累,把莫格里扔下了。有谁能信任班达尔-洛格?把死蝙蝠放到我的头上!丢给我发黑的骨头啃!把我卷到野蜂的蜂巢中,让他们蜇死我!把我和鬣狗埋葬在一起!我绝对是所有熊中最不幸的那一头!哎哟喂!哇呼啊!噢,莫格里,莫格里!我为什么宁愿打伤你的头,也不告诫你要警惕这帮猴子?现在看来,我也许一巴掌把今天的课程内容全部从他的脑袋里打空了。如果他忘了主人之言,在丛林里可就势单力薄了。"

巴鲁边用爪子抓紧自己的耳朵,呻吟着滚来滚去。

"至少刚才，他还是准确地把主人之言讲给我听了。"巴希拉不耐烦地说，"巴鲁，你这家伙真是既不长记性，也不顾脸面。我作为黑豹，倘若也像豪猪伊奇一样，蜷缩起自己的身体，嗷嗷地嚎哭个不停，丛林里的其他动物会怎么看我？"

"我为什么要管丛林里其他动物是怎么看你的？现在莫格里可能已经死了。"

"除非那帮猴子闹着玩把他从树上扔下去，或是闲得无聊决定把他杀死，否则我一点儿都不担心这个人类幼崽。他既聪明又被教得很好，而且还有着一双让丛林里所有动物们都畏惧的眼睛。不过现在他处在班达尔-洛格的掌控中，真是糟糕至极。毕竟他们都生活在树上，根本不怕我们。"说着，巴希拉若有所思地舔了舔一只前爪。

"我可真是头蠢熊啊！噢，我可真是头又肥又胖，只懂挖根的蠢熊。"巴鲁说着，猛地伸直了自己的身体，"野象哈希说得对：'每个动物都有自己惧怕的东西。'这帮班达尔-洛格怕的是岩蛇卡阿。这条蛇不仅像他们一样会爬树，而且还会趁着夜色偷吃小猴子。只要轻轻提起卡阿的名字，这帮坏猴子会吓得尾巴都发冷。我们去找卡阿吧。"

"他会帮我们做些什么？他根本不属于我们的族群。这家伙没有脚，却有着最恶毒的双眼。"巴希拉说。

"这条蛇老奸巨猾。但重要的是，他总是饥肠辘辘。"巴鲁满怀希望地说，"我们可以答应他，让他吃山羊吃个够。"

"这条蛇吃饱后会睡上整整一个月。也许他此刻就正在熟睡。万一他醒来后，要自己去猎杀山羊呢？"由于巴希拉对卡阿了解得不是很多，他自然对其表示怀疑。

"如果真是那样的话，老猎手巴希拉啊，你和我一起去找他吧，兴许还能说动这家伙。"说到这儿，巴鲁用他褪色的棕色肩膀蹭了蹭黑豹，然后他们便动身去找岩蛇卡阿了。

当他俩找到卡阿时，这条蛇正沐浴在午后的阳光下，趴在温暖的岩脊上舒展身体，欣赏着自己美丽的新蛇皮。最近十天来，他好好休息了一番，全身上下的皮都换了一遍，现在的他真是光彩夺目——三十英尺长的蛇身扭成奇形怪状的结子和曲线。他将自己长着钝鼻的大脑袋伸到地上，"嗖"的一声向前伸出，并舔了舔自己的嘴唇，期待着晚饭送上门来。

"他还没吃过。"巴鲁说。当他看到卡阿那一身棕黄相间的美丽斑驳蛇皮时，咕哝着松了一口气，"小心点儿，巴希拉！蜕皮后，他行动总会有点鲁莽，攻击的速度非常快。"

卡阿并不是一条毒蛇——实际上，他尤为鄙视毒蛇。他认为这群蛇都是懦夫——结实有力的捆绑才能体现蛇的力量。当他将自己硕大的身躯一圈圈地缠绕在动物身上，他们都会被吓得哑口无言。"祝你狩猎满载而归！"巴鲁边大声喊着，边挺直身板坐了下来。卡阿同他族群里的蛇一样，耳朵不好使。起初，他根本没听到巴鲁的呼唤。随即，他蜷起身子，低下脑袋，预防意外发生。

"祝我们大家狩猎都能满载而归。"卡阿回应道，"哦嚯，是巴鲁。你来这儿做什么？黑豹巴希拉，也祝你狩猎满载而归。我们中至少有一个需要吃点什么。你们有听说什么猎物活动的消息吗？现在给我来头母鹿，或者来头小公鹿也不错。我饿坏了，肚子就像一口枯井一样空空荡荡。"

"我们正在狩猎。"巴鲁漫不经心地说。他知道，应对卡阿不能操之过急。毕竟他是一条身躯过于庞大的蛇。

"请允许我加入你们狩猎的队伍。"卡阿说，"对于你们，巴希拉和巴鲁而言，多捕一次猎、少捕一次猎根本算不了什么。但对我来说，我得日复一日地等在林间小路上，花上半个晚上匍匐爬行，才能有一丝丝机会捕到一只小猿猴。嘶嗦！现在的这些树枝和我年轻时待过的那些完全没法比，如今尽是些腐烂细枝和干枯树杈。"

"这也许和你如今体重太重有关。"巴鲁说。

"我的长度刚刚好——一点不多，一点不少。"卡阿略显得意地说，"这都是那些新长出来的树木的错。我上次狩猎时，差一点点就摔到地上了——真的就差那么一点点儿。当时我尾巴没能紧紧地缠住树枝，发出的动静惊醒了班达尔-洛格，使得这些猴子给我起了个最恶毒的绰号。"

"连脚都没有的黄蚯蚓。"巴希拉动了动胡须，开口说。此时的他正试图回忆起某些事情。

"嘶！那帮猴子是这么叫我的？"卡阿说。

"上个月他们吼给我们听的就是这类话，但我们从不注意他们。猴子口无遮拦，甚至还说你牙都掉光了，比小山羊大的猎物你都不敢对付，只因为你——你会害怕雄山羊的羊角。这群班达尔-洛格真是无耻。"巴希拉柔声说。

一条蛇，尤其是像卡阿这般谨慎的老蛇，很少会在脸上流露出怒色。但此时，巴鲁和巴希拉都发现，卡阿喉咙两侧的大块吞咽肌正在此起彼伏、膨胀凸起。

"班达尔-洛格已经换了地盘。"卡阿平静地说,"我今天出来晒太阳时,还听到他们在树顶间乱喊乱叫。"

"我们,我们现在在追的就是班达尔-洛格。"巴鲁说。他感到自己的话语硬生生地卡在了喉间,毕竟在他的记忆里,这是首次有一位丛林居民亲口承认,自己对泼猴们的所作所为感兴趣。

"你们两位猎手一定都是丛林里的族群头领。既然需要你们亲自出马追赶班达尔-洛格,我相信其中的原因绝非小事。"卡阿谦恭地回应着,却又十分好奇。

"事实上,"巴鲁开始说,"我不过是教导西奥尼山狼崽们丛林法则的老师。我老了,有时又蠢。但这位巴希拉……"

"不过是巴希拉罢了。"黑豹说。他意识到保持谦虚没什么用,便啪的一声闭上了嘴,然后才接着说:"问题就在这儿,卡阿。这帮偷坚果、摘棕榈叶的家伙偷走了我们的人类幼崽,你应该听说过他。"

"我从伊奇那儿听说过一些消息(这家伙浑身都是刺,说起话来十分放肆)。他说有个像人的动物加入了一个狼群，但我没信他的话。伊奇只会说些道听途说的故事，这些故事都假到不行。"

"但他这次的话是真的。以前从没有过这样的人类幼崽，"巴鲁说，"他是人类幼崽中最为优秀、聪颖、勇敢的，而且这孩子还是我的学生。在未来，他一定会让老师巴鲁的名声传遍整座丛林。而且，卡阿，我——我们——都爱他。"

"嘶！嘶！"卡阿将他的脑袋前后摇晃起来，"我也知道爱是什么。我有一些故事可以讲……"

"那不如我们找一个月光明亮的晚上，等我们都吃饱喝足，再好好地吹一番。"巴希拉飞快地说，"现在我们的人类幼崽在班达尔-洛格的手上。我们很清楚，在所有的丛林居民里，他们只怕卡阿。"

"他们之所以只怕我，是有一定原因的。"卡阿说，"喋喋不休、愚蠢至极、爱慕虚荣——爱慕虚荣、愚蠢至极、喋喋不休，这就是猴子。但人类落入他们的手中，还真是不幸。他们对自己采摘的坚果，没一会儿就厌倦了，就会丢掉它们。如果他们试图做一番壮举，会将一根树枝扛上大半天，然后再啪地将其一掰为二。那个人类小孩没什么好羡慕的。他们还管我叫什么来着？'黄鱼'是吗？"

"虫子——是虫子——蚯蚓，"巴希拉说，"还有其他一些更难听的绰号，我都不好意思说出口。"

"我们得提醒他们，要对主人说些好听的话。啊——嘶！我们得管管这群神志不清的家伙。现在，他们带着人类小孩上哪去了？"

"只有丛林才会知道。我相信，他们是朝日落的方向跑了。"巴鲁说，"我们还以为你会知道，卡阿。"

"我？我怎么会知道？他们要是半路撞见我，我会一口吞了他们。但我才不会主动去捕杀班达尔-洛格，或是吃和他们差不多糟的青蛙，还有水坑里的绿色浮渣。"

"抬头，抬头！抬头，抬头！嗬！喂！喂，朝上看，来自西奥尼山狼群的巴鲁！"

巴鲁顺着声音的方向往上看去。他看见鸢鸟莱恩正扑扇着翅膀，冲地面飞来。在阳光的映照下，其羽翼朝上的凸起边缘闪着光彩。虽然此时已临近莱恩休憩的时间，但他还是飞遍整座丛林寻找棕熊的身影。丛林枝繁叶茂，他差点儿没看到巴鲁。

"发生什么事了？"巴鲁说。

"我在班达尔-洛格中看到了莫格里。他交代我捎话给你。我一直盯着他们。班达尔-洛格把他带到小河的对岸,并进了猴城——冷穴中。他们可能会在那儿待上一晚,或是十个晚上,或是一个小时。我交代蝙蝠们在夜里好好盯着。我要说的就这么多。祝大家狩猎都能满载而归,地上的诸位!"

"也祝你吃得饱、睡得香,莱恩。"巴希拉回喊道,"我下次捕猎时,会记着你的。我会把猎物的脑袋专门给你留着,噢!最棒的鸢鸟!"

"没什么,这没什么。那个小男孩会说主人之言,我做的一切还赶上不他呢。"莱恩盘旋而上,飞回了自己的巢穴。

"他没忘记说那些话。"巴鲁咯咯地笑了起来,话语间尽显得意,"想一想,这么小的孩子在被拽着满树林飞荡时,还记着说鸟类的主人之言!"

"这玩意儿可是用最狠的方法拍进他的脑子里的,"巴希拉说,"不过我也替他骄傲,现在看来,我们得赶快去冷穴。"

他们都知道冷穴的所在地,但极少会有丛林居民前往那里。他们之所以称呼那个地方为冷穴，是因为它是一座废弃的城市，埋没在丛林之中。野兽们很少会去人类曾经居住过的地方。野生公猪也许会去，但狩猎的族群绝不会去。据说猴子们哪儿都能待，他们便将冷穴占为己有。但凡有点自尊心的动物，都不会踏入眼睛看得见冷穴的地方。除非是在旱季，那儿的半废弃水槽和蓄水池中还留有一星半点的水，他们才可能去附近转悠。

"去那儿得走上半个晚上——我们全速前进。"巴希拉说，但与此同时，巴鲁却显得极为严肃。"我能跑多快跑多快。"他焦急地说。

"我们等不了你。跟紧点，巴鲁。卡阿，咱俩必须得加快速度。"

"不论有没有脚，我都能和你们这些四脚动物并驾齐驱。"卡阿简短地说。虽然巴鲁一度试着加快自己的脚步，但他还是不得不坐下喘粗气。于是，他俩决定留他在原地，让他晚些时候再跟上。巴希拉用黑豹风驰电掣般的速度向前飞奔，卡阿则一言不发，像巴希拉一般使出全力，和他并肩前行。当他们来到一条山间溪流时，巴希拉一举超过了卡阿。因为他可以纵身飞跃潺潺的流水，而卡阿只能将自己的脑袋和两英尺长的脖子露在水面上,游泳渡溪。不过一回到地面,卡阿就又追上了。

"我以那把助我获得自由的破锁起誓,"巴希拉说,此时暮色已徐徐降临,"你爬起来一点儿都不慢!"

"那是因为我饿了,"卡阿说,"而且,这帮猴子还管我叫长斑青蛙。"

"是虫子——蚯蚓,是那种挨踢的黄色蚯蚓。"

"都一样。我们快点走。"卡阿的身体犹如地上涌动的水,紧紧贴着地面。他用深沉的双眸探寻着最短的路线,并一路沿着这条捷径,朝目的地而去。

在冷穴中,猴民们不再将莫格里当朋友了。他们把莫格里带到废城后,立刻变得扬扬自得。莫格里原先从未见过印度风情的城池,虽然眼前的建筑基本化成残垣断壁,但还是能感受到它以往的大气磅礴。很久以前,一位国王在一座小山丘上建造了它。时至今日,仍能看到那些石质砌道,它们通往原先的大门。只可惜,这些大门如今已废弃荒芜,只留下最后几块碎木悬挂在磨损、生锈的铰链上。树木有些长在城墙内部,有些则长出城墙外。城垛悉数坍塌、腐坏,塔楼窗户外探出一簇簇野生藤蔓,而墙上则垂下层层叠叠的灌木。

一座巨大的无顶宫殿矗立在山丘顶部,其庭院内和喷泉上装饰的大理石全是裂痕,沾染上红红绿绿的污渍。在国王原先饲养大象的庭院中,鹅卵石已被杂草和新树顶起,碎了一地。从宫殿处向外望去,你能看见成排无顶的房屋使得整座城池犹如空荡的漆黑蜂巢。在四条道路汇聚的广场上,曾为神像的石头早已损毁得不成形状。原先曾是公用水井的洞坑与凹陷,分布在各个街角。庙宇圆形屋顶的碎片散落在各处,任凭野生无花果在它们的边缘发芽抽条。

猴子们将这片地方称为他们的城市,并装出一副鄙视丛林居民的模样,在他们看来,丛林居民就只能居住在森林中。但这帮猴子却从不知道城池里建筑的构造及用途。他们只会在国王议事殿的大厅中围坐成圈,捉跳蚤,扮人类。不然,就是在无顶的房屋里跑进跑出,从角落里搜集石膏片和旧砖头,然后忘记藏物之处,转而扭打在一起,在一片混战中大喊大叫。随即,他们会突然停下,开始在国王花园的露台处上蹿下跳。在那儿,他们会摇晃玫瑰树和橘子树,看看果实与花朵飘落而下。此外,这群猴子探遍了宫殿里的所有通道、漆黑地道,以及上百间小黑房间。但他们从不记得看过哪里，没看过哪里。他们到处飘来荡去，有时单独行动，有时结伴而行，有时又会成群结队。他们告诉彼此，自己在做的事情可是同人类一模一样。他们会在水槽饮水，并把槽里的水搅浑。随即，他们就在水槽边上打起来，一堆猴子一拥而上，推挤着大声嚷道："丛林里没有谁会像班达尔-洛格一样聪明、优秀、机智、强壮、高雅。"然后，他们会将这一过程不断重复，直至对城池感到厌烦。随后，他们会返回树顶，期盼获得丛林居民的关注。

莫格里受过丛林法则的训练，他不喜欢也不理解这种生活方式。在这帮猴子下午稍晚时将其拽入冷穴后，他们并未像其他动物一样，在结束长途跋涉后睡上一觉，而是手拉着手跳起舞来，唱着愚蠢的歌。猴群中的一只猴发表了一番言论，告诉他的伙伴们，抓到莫格里将是班达尔-洛格历史上的一个崭新开始，因为莫格里会教他们如何编织枝条与秆茎，以此来抵挡雨水和寒冷。莫格里捡起一些藤蔓，开始编织起来，猴子们也开始模仿起来。但没过几分钟，他们就失去了兴趣，开始拽起伙伴们的尾巴，四条腿着地跳上跳下，并发出阵阵咳嗽声。

"我想吃点儿东西，"莫格里说，"就丛林的这块地方来说，我是一个来客。你们要不给我点东西吃，要不放我出去捕猎。"

大约二十或三十只猴子蹦跳着出去，打算给他带些坚果和野生木瓜回来。但他们半路就开始扭打起来，认为要将剩下的瓜果带回冷穴是件麻烦事。莫格里又痛又饿，生了一肚子火。他在空城中走来走去，不时打着针对外来客的狩猎招呼，但他并未得到任何动物的回应。莫格里觉得自己真是到了一处极差之地。"关于班达尔-洛格，巴鲁说的一切都是真的，"他暗自想着，"他们不仅没有法则，没有狩猎招呼，而且连头领也没有——根本啥都没有，只会说蠢话，干一些小偷小摸的勾当。倘若我真的在这儿饿死或是被他们杀死，这一切都是我的过错。我必须试着回到自己所属的丛林中去。巴鲁肯定会打我一顿，但也总好过跟着班达尔-洛格一起傻乎乎地找玫瑰叶子。"

莫格里刚走到城墙处，猴子们便把他拉了回去，告诉他，他是身在福中不知福，并捏了捏他，要他表示感激。莫格里咬了咬牙，一言不发，只是跟着这群大呼小叫的猴子来到一个露台上。露台下方是红砂岩材质的蓄水池，里面盛了半池子雨水。露台中央有一座白色大理石材质的凉亭。这座凉亭是一百年前国王为嫔妃们建造的。当年，她们倘若想从皇宫来到此处休憩，需要通过一条地下通道。如今，圆形的亭顶塌了半截，堵住了地下通道的出入口。凉亭的墙面是大理石材质的花格屏风，上面装饰着美丽的奶白色浮雕格子，镶嵌着玛瑙、玉髓、碧玉和天青石。当月亮从山丘背后升起，皎洁的光芒投射进墙上的空格时，地上会出现道道影迹，柔美得犹如黑色天鹅绒刺绣。

莫格里又痛又困又饿，但他还是被逗得哈哈大笑。二十只猴子齐声告诉他，班达尔-洛格有多么伟大、聪慧、强壮、高雅，他想要离开他们的想法是多么愚蠢。"我们是伟大的，我们是自由的，我们是绝佳的。我们是整座丛林中最为出色的居民！我们大家都这么说，这一定是事实。"他们大声喊道，"现在，你是个新听众，可以把我们的话转述给丛林居民听。这样一来，他们日后就会注意到我们。我们要把自己最好的一切都讲给你听。"莫格里没有拒绝，于是成百上千的猴子便聚集到露台上，开始听演说者们唱起班达尔-洛格的颂歌。每当一个演说者停下喘口气时，他们就会齐声大喊道："这是事实，我们大家都这么说。"在猴子们问他问题时，莫格里就点点头、眨眨眼，回答说"是"。这般大吵大闹的声音，吵得他头昏脑涨。"那头豺，塔巴奎肯定咬过这些猴子，"他自言自语道，"现在他们全疯了。这肯定是疯病德瓦尼。难道他们从不睡觉吗？现在一朵云飘来遮住了月亮。如果它是朵足够大的云就好了，我也许可以趁着夜色逃跑。但现在我累坏了。"

与此同时，这朵云也闯进了莫格里两位好友的视线中，他们来到城墙下方的废弃沟渠中。巴希拉和卡阿都非常清楚，数量众多的猴群有多危险，他们并不想行动出现任何风险。这帮猴子要不一架不打，要不就是以百敌一地干架。丛林里没有谁愿意打这种数量悬殊的架。

"我去西面的墙看看，"卡阿耳语道，"我可以发挥优势，利用倾斜的地形快速滑下。这帮猴子不会成百上千地朝我的背部扑来，但……"

"我知道，"巴希拉说，"要是巴鲁也在这儿就好了，但我们必须完成自己力所能及的事情。当那朵云彻底挡住月亮时，我会跑到露台那儿去。那帮猴子正在那里，围绕小男孩开什么会。"

"祝你狩猎满载而归。"卡阿冷冰冰地说，然后便朝着西面墙的方向爬去。那里恰巧是所有城墙中损毁最少的部分，这条大蛇磨蹭了片刻后，才找到一条路爬上石块。云朵隐去了月亮的身影，就在莫格里思考接下来会发生的事情时，他听到露台上传来巴希拉轻盈的脚步声。黑豹几乎没发出一点儿动静，就跑上斜坡，在猴群中左右横跳、大打出手。他知道，最好不要浪费时间咬猴子们。围坐在莫格里周围的猴子多达五六十圈，从中传出了一阵恐惧与愤怒的嚎叫。只见巴希拉轻捷地跑跳，一只只猴子在他的身下翻滚、踢打。突然间，一只猴子开始大叫起来："只来了一头豹！杀了他！开杀。"一大群猴子围在巴希拉的身旁，开始扭打起来，冲他又咬又抓，又撕又拉。另外，五六只猴子逮着莫格里，将他拽上了凉亭墙，并将他推进穹顶破损的洞中。如果是人类训练的小孩遇上这种情况，肯定摔得鼻青脸肿，毕竟这一摔的高度足足有十五英尺。但莫格里在下落时遵循巴鲁教的方法，双脚稳稳落地。

"你就待在那儿吧，"猴子们喊道，"等我们杀了你的朋友，再来找你玩——如果那帮毒伙计会留你一条小命的话。"

"你和我，我们都是血脉相通的一家人。"莫格里边说边飞快地发出了针对蛇类的呼唤。他能听到周围废墟中发出的沙沙声、嘶嘶声。为了确保万无一失，他又喊了一遍。

"说的没错，嘶！大家伙儿，把你们的颈部皮褶都放下来！"五六个低沉的声音说（在印度，每一处废墟迟早都会成为蛇类的栖息地，这座旧凉亭中便生活着一群眼镜蛇），"站着别动，小兄弟，不然你的脚可能会踩伤我们。"

莫格里尽自己所能，安静地站着。他透过空格子朝外瞥去，听到黑豹四周喧闹激烈的打斗声——猴子们的呐喊声、叨嚷声、急跑声，巴希拉深沉、粗哑的咳嗽声交织在一起。黑豹往后退着步子，倏忽弓背往前一跃，并扭动身躯，一头扎进猴子们的包围圈中。这还是巴希拉有生以来，第一次为自己的生命奋战。

"巴鲁一定就在附近，巴希拉不会独自过来的。"莫格里想，随即他大声呼喊道，"来池子这儿，巴希拉。快翻滚到水池里来。翻滚着冲过来！到水里去！"

巴希拉听到了。这声呼喊让他确认了莫格里的平安，并重新激起他的勇气。他使出全身力气，一英寸[1]一英寸地朝着蓄水池的方向，一声不响地挪去。

---

1 英寸，英美制长度单位。1英寸=2.54厘米。

这时，在最靠近丛林的废弃城墙处传来了巴鲁隆隆的战斗呐喊声。这头老熊已经竭尽所能，但还是没能早点赶来。"巴希拉！"他喊道，"我到了！我爬上来了！我赶上了！啊呜喔啦！石块在我的脚下打滑！等我过来！噢，你们这帮最臭名昭著的班达尔-洛格！"就在他喘着粗气爬上露台时，他直接被淹没在猴群的包围中，只剩下一颗熊头露在外面。但巴鲁挺起身板，一屁股坐下，伸展开他的前爪，尽其所能地多搂些猴子。随后，他开始有规律地一通猛拍，发出"啪啪啪"的痛击声。巴鲁这一串行云流水般的动作，犹如船的桨轮快速拍击水面。莫格里耳边响起的碰撞声和飞溅声，让他知道巴希拉已经杀出一条路，来到蓄水池中。在那儿，猴子们不敢尾随而至。黑豹躺在水里，大口喘气，并将脑袋露出水面。猴子们见状只得在红色台阶上傻站着。他们围了三排，愤怒地跳上跳下，准备等巴希拉从水池中现身协助巴鲁时，便从四面八方扑到他身上。此时，巴希拉抬起滴水的下颌，开始绝望地用蛇类的呼唤寻求保护——"你和我，我们都是血脉相通的一家人。"——他本以为卡阿在最后时刻，已甩甩尾巴、溜之大吉了。就连巴鲁，这头在露台边缘被猴子们闷得半死的棕熊，在听到黑豹发出的求救时，都忍不住咯咯笑了起来。

而这时,卡阿才刚费了一番工夫,爬过西面的墙。他落地时,猛地扭了一下身体,把压顶石扫进沟渠中。他不打算放弃地形优势,将长长的蛇身盘了又松、松了又盘,来来回回重复了好几遍,直至确认每一寸身躯都完好无损。与此同时,巴鲁的战斗还在继续。猴子们围在巴希拉身边,冲着水池大呼小叫。蝙蝠芒恩在空中飞来飞去,把这场大战的消息传遍丛林。就连野象哈希也发出喇叭般的吼叫。散落在远处的猴群也被悉数唤醒,全都顺着林间路径攀越而至,只为赶来冷穴助同伴一臂之力。此外,激烈的打斗声甚至还惊醒了方圆几英里内白天才活动的鸟儿。随即,卡阿径直爬了过来。他的速度奇快无比,迫不及待大开杀戒。蟒蛇正是靠头部的猛然前推来发挥其进攻的力量。这一推汇集了他全身的力气和重量。你可以想象一下,一个冷静寡言的生灵举起重近半吨的长矛、破城槌、锤子,狠狠地冲猎物砸去。这般画面,大概就是卡阿战斗的样子。一条四五英尺长的蟒蛇可以正击成年男子的胸口,将其击倒。你也知道,卡阿足足有三十英尺长。他刚一出手,就直捣巴鲁身旁的猴群中心。猴群还来不及张嘴发声,就全被砸得丢了魂。卡阿甚至没必要再挥一下头，便听到猴子们哭喊着四散而逃："卡阿！是卡阿来了！快跑啊！快跑啊！"

猴群中世世代代都流传着卡阿的故事。族群中的长辈们会讲他的故事，让不听话的猴子们乖乖就范。他们讲，卡阿是条夜行的贼蛇，他会顺着树枝滑落而下，动作如苔藓生长般悄无声息。他还能掳走最强壮的猴子。不仅如此，卡阿这条老蛇，甚至还能将自己伪装成枯树枝或烂树墩，骗过最聪颖的猴子，让他们最终落入假扮的树枝手中。卡阿是猴子们在丛林中唯一害怕的动物，因为他们都不知道他的力量极限，他们都不敢直视卡阿的脸，甚至没有猴子能在卡阿的束缚下活下来。

因此，这群猴子现在吓得连话都说不清，全往城墙和屋顶上逃跑。巴鲁不由得深深松了口气。虽然他的皮毛与巴希拉相比，要粗厚得多，但还是在打斗中吃了不少苦头。这时，卡阿第一次张开嘴，嘶嘶地说了一长串话。那些从远处赶来保卫冷穴的猴子全都待在原地不敢动，抖缩起身体，直至他们身下的树枝因承载过重被压弯了腰，发出噼啪的断裂声。那些蹿到城墙上和空房中的猴子则停止哭喊，一时间，整座城池陷入了寂静。莫格里听到巴希拉从水池中爬了出来，正在甩身上的水。随即，一阵喧嚷声再次爆发而出。这帮猴子跳到城墙上更高的位置，悬挂在大石像的脖颈处，又跳到城垛边上，尖声大笑。莫格里则在凉亭中跳起舞来。他把眼睛凑到墙上的格子处，用门牙发出猫头鹰般的鸣叫声，以此表达他的嘲弄和蔑视。

"把人类幼崽从那个牢笼中救出来，我做不到了。"巴希拉喘着粗气说，"让我们带他离开这儿，不然这帮猴子还会再发动攻击。"

"除非是我发号施令，否则他们一下都不敢动。给我待好了，嘶！"卡阿发出了嘶嘶声，整座城池再次安静了下来。"兄弟，我没法早些赶到，我好像听到了你的呼唤。"巴鲁对巴希拉说。

"我……我可能在打斗中有大声呼喊吧。"巴希拉回应道，"巴鲁，你有没有受伤？"

"我不确定他们有没有把我扯成上百个小熊崽子。"巴鲁边说边一本正经地将腿来回抖了一遍，"哇！我好痛。卡阿，我想，我和巴希拉，我们都欠了你一条命。"

"这没什么。那个人类幼崽上哪儿去了？"

"我在这儿，在这个牢笼里。我没法从这儿爬出去。"

莫格里大声喊道。他的头顶上方正对着破损穹顶的弯弧。

"把他带出去。他如果像孔雀玛奥一样起舞，会把我们的蛇崽子们全踩碎的。"亭子里的眼镜蛇说。

"哈！"卡阿说着咯咯笑了起来，"他的朋友可是遍布丛林各处。往后站一些，人类幼崽。噢，还有你们这些毒伙计，都给我藏好。我要撞破这堵墙了。"

卡阿开始仔细地端详起来，直至在大理石窗格上发现了一条褪色的缝隙，这便是整面墙的易破点。他用脑袋轻轻敲了两三下，估算了一下距离，随后将身体抬举到离地六英尺的高度，先探出鼻部，再使出全力撞了六七下。屏风格墙开裂后坍塌成一地碎砾，扬起了阵阵尘雾。莫格里从缺口处蹦跳而出，朝巴鲁和巴希拉飞扑过去，两只胳膊分别搂住他们的粗脖子。

"你有没有受伤？"巴鲁边问边轻柔地抱住莫格里。

"我又痛又饿，身上还有不少瘀青。但是，噢，我的兄弟们，这群猴子也把你们搞得好惨！你们俩都在流血。"

"那些猴子也没有幸免。"巴希拉舔了舔嘴唇，瞥向露台上、水池旁散落的猴子尸体。

"没什么，这没什么。只要你没事就好。噢，在所有的小青蛙中，你真是令我骄傲的存在！"巴鲁抽泣起来。

"这件事我们晚点儿再说。"巴希拉说。他的声音听起来干巴巴的，莫格里一点儿都不喜欢。"但这次也多亏有卡阿协助我们。莫格里，你可是欠了他一条命。依据我们的惯例，你得好好谢谢人家。"

莫格里转过身，发现大蟒蛇的脑袋正在他脑袋上方一英尺的空中晃动。

"这就是那个人类幼崽啊！"卡阿说，"他的皮肤可真软，而且看起来也和班达尔-洛格长得挺像。小心点儿，人类幼崽。如果我哪天重新蜕皮时，别让我在暮色中将你错认成猴子。"

"你和我，我们都是血脉相通的一家人。"莫格里回应道，"多亏了你今晚的帮助，我才得以捡回一条命。噢，卡阿，以后要是你饿了，我捕杀的猎物就给你吃。"

"谢谢你的好意，小兄弟。"卡阿说着眨了眨眼，"这么勇猛的猎手会捕杀什么动物呢？我先打听清楚，好在他下次外出打猎时，跟在身后不掉队。"

"我啥也捕不到——我太小了——但我还是能将山羊赶到你可以捕获的地方。当你肚子饿了，记得来找我。到时候,你就知道我说的是真是假了。在这方面,我还是有点本事的(莫格里伸出了自己的手)。而且,万一你们哪天掉进陷阱中,我还能将所欠的人情债还给你、巴希拉和巴鲁。我的主人们,祝你们大家狩猎都能满载而归。"

"说得真好。"巴鲁发出了低沉的吼声。他十分欣慰莫格里能答谢得如此得体。蟒蛇将脑袋轻轻落到莫格里的肩上,停留片刻。"一颗勇敢的心、一张谦恭的嘴。"卡阿说,"人类幼崽,这些美好品质会助你在丛林中大有作为。但现在,还是跟着朋友们赶紧离开这儿。既然月亮已经落下,是时候回去好好睡一觉了。毕竟,接下来要发生的事儿不太好,你还是别看为妙。"

月亮正缓缓落至山丘后部,一排排猴子哆嗦着身体,互相挤在城墙和城垛上。在月光的映照下,他们好似一缕缕晃动的破烂流苏边。巴鲁下到蓄水池边喝起了水,巴希拉则开始打理起皮毛,而卡阿滑到露台中央,合上两颚,发出清脆的啪嗒声,吸引了所有猴子的目光。

"月亮落下了,"他说,"现在的光亮够你们看清吗?"

城墙处传来一声呻吟,好似风儿刮过树顶一般:"噢,卡阿，我们看得到。"

"好！现在舞蹈开始！坐好看仔细了，这可是卡阿的饥饿之舞。"

卡阿左右晃动着脑袋，转了两三个大圈。随后，他开始扭动身体，扭出许多形状，如圆形、"8"字形，又软又黏的三角形、正方形、五边形，然后堆垛在一起。他不歇不慌，嘴里不停低声哼唱着。夜色渐浓，卡阿的身躯在经过一番伸缩变化后，最终隐匿起来，只听见蛇鳞互相摩擦的沙沙声。

巴鲁和巴希拉像石像一般，一动不动地站立着。他俩从喉间发出低沉的咆哮，立起脖颈处的鬃毛。莫格里注视着他俩的这副模样，感到十分讶异。

"班达尔-洛格，"终于，卡阿说话了，"未经我的允许，你们敢动一下脚或手吗？说！"

"未经您的允许，我们根本不敢动一下脚或手。噢，卡阿大人！"

"不错！来，全都往前挪一步，更靠近我些。"

一排排猴子们开始无助地往前挪动起来，巴鲁和巴希拉也同他们一道，僵直地往前走了一步。

"靠得更近些！"卡阿嘶嘶地说。在场的动物们又挪了挪步子。

莫格里将手放到巴鲁和巴希拉的身上，一把拽回了他们。突然间，这两只大型野兽如梦初醒，回过了神。

"把你的手搁在我的肩上，"巴希拉小声地说，"就放在那儿。不然，我又得挪回去——又得挪回到卡阿的身旁。嗷！"

"这一切不过是老卡阿在尘雾中画圈圈罢了。"莫格里说，"我们走吧。"随后，他们便顺着城墙的豁口溜了出去，重返丛林。

"呼！"待巴鲁在寂静的树下站定后，开始说，"我再也不会和卡阿结盟了。"他浑身上下都开始抖动起来。

"他懂的东西比我们要多。"巴希拉边说边打起了哆嗦，"要是我还继续待在那儿，用不了多久，我应该就会走进那家伙的口中。"

"在月亮再升起前，估计很多猴子都会那样丧命。"巴鲁说，"就他那别致的捕猎方式来看，他肯定会满载而归。"

"这是什么意思呀？"由于莫格里对蟒蛇蛊惑猎物的强大威力一无所知，便问道，"在我看来，不过就是大蛇在夜幕下画着蠢圈圈。而且他的鼻子还痛到不行。嗬！嗬！"

"莫格里，"巴希拉生气地说，"他的鼻子可是为了救你才会痛的。我的耳朵、肋部、爪子，还有巴鲁的脖子、肩膀都为了救你，被那帮猴子们咬得够呛。不论是我还是巴鲁，可是一连好多天都不能痛快地狩猎了。"

"这根本不算什么，"巴鲁说，"我们可是重新接回了人类幼崽。"

"话虽如此，但这小家伙也让我们付出了沉重的代价。这般大好时光，要是用来美美地捕猎一番该多好。现在倒好，我俩不仅受了伤，毛也被拔了不少——我背上差不多一半的毛都被拔光了——最惨的是，我俩的脸还丢光了。莫格里，你给我记住。作为黑豹的我，竟然被迫呼唤卡阿，向他寻求保护。而且，我和巴鲁还像群傻雏鸟一样，被这条蛇的饥饿之舞耍得团团转。导致这一切的根源，都是你跑去和班达尔-洛格玩在一块儿。"

"确实，说的没错。"莫格里悔恨地说，"我是个坏小孩，就连我的肚子也伤心地咕咕叫了。"

"呜！丛林法则是怎样说的，巴鲁？"

虽然巴鲁不愿再将莫格里卷入更多的麻烦事中，但他也无法篡改丛林法则，于是便咕哝着说："悔恨无法延缓受罚。但巴希拉，你要知道，他年纪很小。"

"我知道，但他确实犯了错，现在必须打一顿。莫格里，你还有什么话要说吗？"

"没了。这次是我犯错，才让你和巴鲁都受了伤。我应该受罚。"

巴希拉拍了莫格里六七下。在他看来，这点力道是充满爱意的轻拍（轻到甚至没法唤醒自己的幼崽）。但对于一个七岁的小男孩而言，这几下可谓无法躲开的重击。在一切结束后，莫格里打了个喷嚏，沉默地站了起来。

"现在，"巴希拉说，"跳到我的背上来，小兄弟，我们要回家了。"

丛林法则的一大优点是，惩罚可以将所有的账一笔勾销，此后不留下任何纠缠。

莫格里将头搁到巴希拉的背上，睡了过去。他睡得香甜至极，直至被放在自家洞穴时都还没醒。

班达尔-洛格的行路之歌

我们飞荡前行的身影犹如花彩,
荡至半路便能摸到嫉妒之月!
难道你不羡慕我们这些腾跳的猴群?
难道你不渴望长出额外的手掌?
难道你不希望自己的尾巴可以如此弯曲——
弯得犹如爱神丘比特的箭弓?
如果你现在生气了,可别介意,
兄弟,你的尾巴可是耷拉在后面!

我们排成一排坐在树枝上,
满脑子都是我们所知的美丽之物;
我们憧憬着想做之事,
只需几分钟,一切都能成真——
一些高尚、聪慧、优秀的事情,

只要我们想做,一定都能做成。
如果我们忘记了,可别介意,
兄弟,你的尾巴可是耷拉在后面!

我们听说过各种话,
不论是蝙蝠、野兽还是鸟类的话,我们都听过——
不论是长皮、长鳍、长鳞还是长羽毛的家伙的话,
我们都听过——
赶快叽里呱啦地把它们全都说出来!
真棒!好极了!再说一遍!

我们现在可是像人类一样说话!
让我们假装自己是……可别介意,
兄弟,你的尾巴可是耷拉在后面!
这就是猴族的处世之道。

加入我们跳跃的队伍吧!和我们一道在松林中蹦跳前行!你必将如鱼得水,
我们会跳得像火箭一样,又轻又高,一直跳到野葡

萄藤摇曳的天边。

我们以沿途扔下的垃圾起誓,我们以发出的美妙噪声起誓,

一定,肯定,我们定会做出一番壮举!

老虎！老虎！

狩猎如何，勇猛的猎手？

兄弟，我看守了好久，天气可真冷。

你准备捕杀的猎物怎么样了？

兄弟，他还在丛林里啃草吃。

你原本引以为傲的力量去了何方？

兄弟，它从我的肋部和侧边日益衰退。

你急匆匆地要赶往何处？

兄弟，我得回到自己的兽穴中——赴死。

现在，我们得回到开篇的第一个故事。经过和狼群在会议之岩上的大战后，莫格里离开了狼穴，下山前往村民们居住的耕地里。但他没多做停留，因为这片地离丛林太近了，而且他知道，自己在狼群大会上树了不止一个死敌。于是他加快脚步，沿着山谷里崎岖的道路，平稳地向下小跑了将近二十英里，直至来到了一片他尚未知晓的土地上。山谷向外延伸，通向一片分布岩石及纵横沟壑的辽阔平地。它的一端是一座小小的村落，另一端则是一片延展至草场的茂密丛林。在草场边缘，树林突然停止伸展，使得该处地貌犹如被锄头一分为二。整块平地到处都是吃草的牧牛和水牛。当放牧的小男孩们看见莫格里时，都尖叫着跑开了。一群游荡在印度各个村落的黄毛野狗正吠个不停。莫格里继续朝前走着，他感到有些饿了，来到村落口，发现一大块荆棘丛被推到了一旁。原本在黄昏时，它还被拉来挡在大门前。

原先，当他夜里为了觅食而到处闲逛时，曾不止一次遇到过这类路障。"哼！"他说，"这么看来，这儿的人们也怕丛林居民。"他在大门边坐了下来。当一个男人走出门时，他站了起来，张大嘴，朝里指了指，示意想吃点食物。男人睁大双眼，跑回到村里的一条街上，大声呼喊着祭司。一个又高又胖的白衣男子应声而出，额头上有着红黄相间的印记。至少一百人尾随着祭司，跟他一起来到了大门口。他们盯着莫格里，七嘴八舌地议论起来，并不时吼上两句，伸出手来指指点点。

"这些人类，一点教养都没有，"莫格里自言自语着，

"只有灰猿会表现得和他们一样。"于是,他将长发往后甩了甩,冲人群皱起了眉。

"他有什么好怕的?"祭司说,"看看他手臂和腿上的伤口,那都是狼的咬痕。他不过是一个丛林里跑出来的狼孩罢了。"

自然,莫格里和小狼崽们玩在一起时,这帮小家伙经常会不小心加重啃咬他的力度,使得莫格里的手臂上和腿上,到处都是浅色的疤痕。不过,倘若真将这些疤痕称为咬痕,恐怕莫格里会成为世界上最后一个被狼咬伤的人。毕竟他知道,狼真正的撕咬意味着什么。

"哎呀!哎呀!"两三个女人齐声说,"真是个可怜的孩子,竟然被狼咬了!他长得真俊俏,眼睛犹如红彤彤的火焰一般。我们以自己的名誉起誓,美苏阿,他真像你那个被老虎叼走的男孩。"

"让我看看,"一个手腕和脚踝上都挂满了沉甸甸的铜镯的女人说,在手掌的遮挡下,她打量起莫格里,"确实挺像的,他和我家小孩长得几乎一模一样,但这孩子更瘦一些。"

祭司是个聪明人,他知道美苏阿嫁给了本地最富有的村民。于是，他抬头望向天空，片刻后郑重地说："丛林夺走的事物，如今又由它归还。我的姐妹，把这个孩子带回你家吧。同时也别忘记向祭司致敬。他可是看透了世人们的生活。"

"我以那头赎买我的公牛起誓，"莫格里自言自语道，"这些交谈完全就和狼群端详幼崽们的行为一模一样！好吧，如果我是人类，必须得成为人。"

待人群散去后，女人将莫格里领到她的茅草屋中。屋内摆放着一张红漆床、一个印着有趣凸花图案的陶制大粮橱、六七个铜锅、一尊供奉在小壁龛中的印度神像，墙壁上悬挂着一面镜子，款式同乡村集市上售卖的如出一辙。

她让莫格里痛快地喝了一大杯牛奶，并给他吃了面包。随后，她将手搁在莫格里的头上，凝望着他的双眸。她觉得，也许莫格里就是她的儿子。当年，丛林里的老虎将她的儿子带走，但如今他又重新回到她的身旁。于是她念道："纳素，噢，纳素！"莫格里则一脸迷惑，根本不知道这个名字。"你还记不记得那天，就是我给了你一双新鞋子穿的那天？"她碰了碰莫格里像牛角一样硬的脚。"不！"她伤心地说，"你的脚摸起来就知道从未穿过鞋，但你真的和我的纳素长得太像了。也许,你就是我的儿子。"

由于莫格里从未在房屋里待过,他感到浑身都不自在。他望向茅草屋顶,发现只要他想逃出去,随时都可以将其一把撕烂,而且窗户也没有扣紧。"如果连人类的话都听不懂,"最终,他问起了自己,"做人有什么好呢?现在的我又傻又哑,情况好比人类和我们共处丛林。我必须学会说他们的语言。"

原先和狼们一起生活时,莫格里曾学过模仿雄鹿们在丛林里决斗时发出的嘶鸣声,以及小野猪们发出的咕噜声。他学这些并非为了玩。也正因此,每当美苏阿说出一个词,他就能模仿得惟妙惟肖。还没等天黑,他已经学会了说屋里许多东西的名称。

到了晚上睡觉的时候,莫格里就遇到麻烦了,他现在身处的这间小屋,看起来就像囚禁黑豹的笼子,他可不想睡在里面。当美苏阿和她的丈夫关门时,莫格里便从窗户溜了出去。"随他去吧,"美苏阿的丈夫说,"你要记得,也许他还从未在床上睡过觉。如果他真的是神派来成为我们儿子的话,他就不会跑走。"

于是,莫格里在田地边找了一些干净的长草堆,躺了上去，肆意伸展开自己的身体。但还没等他闭上眼，一个软软的灰鼻子便凑到他的下巴附近拱了起来。

"哟！"灰哥哥（狼妈妈崽子们中的长子）说，"我跟了你足足二十英里。就这样对待我，太不够意思了。你闻起来有一股木烟味和牛味——总体而言，已经像是个人了。醒醒，小弟弟，我给你带了消息来。"

"丛林里的一切都还好吗？"莫格里边说边抱住了这匹狼。

"除那些被红花烧伤的狼以外，大家都很好。现在，你听着。谢尔可汗已经跑到很远的地方狩猎了。他被烧得挺厉害，要等皮毛重新长好了才会再回来。他发誓，要把你的骨头埋葬在维恩冈加河边。"

"这个誓言可是有两种说法，我也曾做过一个小小的保证。不过有消息总是好事。今晚我累坏了，学了好多新东西，整个人累到不行。灰哥哥，你要记得经常给我带消息来。"

"你不会忘了你还是匹狼吧？人类不会让你忘掉自己的狼族身份吧？"灰哥哥焦虑地说。

"绝对不会。我会永远记得，我爱你，还有狼穴中的大家。但我也会永远记得，我被逐出了狼群。"

"但你也有可能被逐出另一个族群。小弟弟，人类仅仅是人类，他们说的话就像池塘里青蛙的呱呱乱叫。当我再次来到这儿时，我会在草场边的竹林里等你。"

自那晚起的三个月内，莫格里基本没有离开过村子的大门，他一直忙于学习人类的各种行为举止和生活习惯。首先，他必须在身上套上一块布，这件事让他气到不行；其次，他得学会如何用钱，在这方面他完全是个门外汉；他还得学会如何犁地，虽然在他看来，这项技能根本没什么用。此外，村里的小孩也让他恼火不已。不过所幸，丛林法则曾教过他，要懂得控制自己的脾气。倘若想在丛林里保住性命，找到食物吃，一定要学会控制脾气。每当这帮小孩嘲笑他不会玩游戏、放风筝，嘲笑他读错词时，莫格里恨不得将他们一把拽起，撕成两半，但他也知道，杀死没毛的幼崽是一件不道德的事，因此，他便打消了这一念头。

莫格里对自己的力量一无所知。在丛林中，他知道自己相较野兽而言更为羸弱，但在村子里，人们都说他壮得像头牛。

对于将人们三六九等划分的种姓制度，莫格里更是一窍不通。有一次，一个陶工的驴滑进泥潭中，莫格里便伸手抓住驴尾巴，一把将其拽了出来。他还帮陶工整理好陶罐，方便他更好地将货物运到可汗希瓦拉的集市。他的这般举动惊动了周围人，因为陶工是属于低等级种姓的人，而他的驴地位更卑贱。为此，祭司责备了莫格里，莫格里却转而威胁祭司，扬言要把他也放到驴背上。祭司便告诉美苏阿的丈夫，让他最好尽快安排莫格里去干活。于是，村长便让莫格里在第二天外出放牧水牛，并看管水牛们吃草。对于这一任务，没有人会比莫格里更开心了。当晚，由于他被指派担任全村的仆佣，他便参加了每晚都会举办的村民集会，地点位于大无花果树下的石台。这儿算是村子里的俱乐部，村长、守夜人、知晓全村八卦的理发师、拥有塔瓦式滑膛枪的猎人老布尔迪欧会聚在一起抽烟。他们头顶上方的树枝间坐着一群猴子在互相交谈。石台下方有一个洞，里面住着一条眼镜蛇。这条蛇被村民们奉为神明，每晚都能喝上进贡的小盘牛奶。围坐在树下的老人们边抽着巨大的胡卡斯烟（即水烟），边聊着天直至深夜。他们会讲一些有关神明、人类和鬼怪的故事，而布尔迪欧则会将更为神乎其神的事情娓娓道来，他会讲丛林野兽的生活习性。只见孩子们坐在老人们围成的圈外,使劲睁大双眼,眼珠子都快掉出眼眶了。这些故事大多和动物有关,毕竟丛林就在村子附近。鹿群和野猪会糟蹋他们的庄稼,老虎不时会趁着暮色,在村子大门的视野可及处把人叼走。

对于村民们谈论的话题,莫格里自然是再清楚不过。他不得不遮住脸,以防被人看到他扬起的嘴角。布尔迪欧把他的塔瓦式滑膛枪搁在膝上,讲了一个又一个故事,莫格里则笑得肩膀都在颤动。

布尔迪欧说,那只叼走美苏阿儿子的老虎是一只幽灵虎。他的体内住着一个几年前就死掉的老债鬼,这个鬼可坏透了。"我知道这是真的,"他说,"普伦·达斯的账本在一次骚乱中被烧坏,他还被人打成了瘸子。我提到的这只老虎也是个瘸子,他走起路来留下的爪印是一深一浅的。"

"真的,真的,这一定都是真的。"留着灰白胡子的老人们齐齐点头说。

"你讲的故事都是这种胡编乱造的鬼话?"莫格里说,"那只老虎走路一瘸一拐,是因为他生下来就是个瘸子。丛林里的大家伙儿对这件事情都再清楚不过。你还说是债鬼附身到一只胆子还没豺大的野兽身上,这简直就是小孩才会说的胡话。"

布尔迪欧很是诧异，一度连话都说不出来。村长也不由得睁大了双眼。

"哦嚯！是你这个丛林来的小屁孩在怀疑我？"布尔迪欧说，"既然你这么聪明，不如考虑把这只老虎的皮扒了，送到可汗希瓦拉去？在那儿，政府可是出了一百卢比[1]悬赏老虎皮。告诉你，当长辈们说话时，不要乱插话。"

莫格里起身就走。"我在这儿听了一晚上的鬼话，"他转过头大声说，"明明丛林离布尔迪欧家这么近，但除了一两句外，其余他谈到的丛林的事情都是假的。既然如此，哪怕他声称自己讲的鬼神妖怪的故事均为亲眼所见，我怎能相信这些话都是真话？"

"到时间了，让这个男孩去放牛吧。"村长说。此时的布尔迪欧在听完莫格里的话后，气得鼻子和嘴巴都直往外喷气。

在印度，大部分村落按习俗会让几个男孩在清早带牧牛和水牛外出吃草，并于夜晚时分再带回牛群。让孩子外出放

---

1 卢比，印度通用货币，词意即"银币"。

牧是因为，这群牛可以一脚踩死一个白人男子，他们却能容忍个头还没他们鼻子高的小孩在身上敲来敲去、大喊大叫。只要男孩们和牛群待在一起，就是安全的，因为就连老虎都不敢对一大群牛轻举妄动。不过如果有哪个男孩掉队采花或是捉蜥蜴，有时就会被老虎叼走。天一亮，莫格里便骑在领头大公牛拉玛的背上，穿行于村子的街道。有着长长后弯牛角和凶猛双眼的蓝灰色水牛们，从牛棚里依次迈步而出，跟在莫格里的身后。他借这一举动，向其他孩子们清楚地炫耀了自己是这群牛的头儿。他手持一根光滑的长竹竿，敲打着水牛们，并告诉其中的一个男孩卡姆亚，要他们记得放牧牛群。随后，莫格里便同水牛一道继续前行，并小心翼翼地防止自己和牛群走散。

印度的放牧地上，到处都是石块、灌木、草丛和小沟壑。一旦牛群四散开来，便会在它们的遮蔽中掩藏身影。水牛们通常会待在水池和泥地中，在那儿，他们可以一连好几个小时都赖在暖和的泥巴中打滚、晒太阳。莫格里将他们领到平地边缘，即维恩冈加河流出丛林的河口。随后，他从拉玛的脖颈处爬了下来，小跑进一处竹林中，发现了灰哥哥的身影。"啊！"灰哥哥说，"我可是在这儿等了好多天。你放牛的意义何在？"

"这是我被安排的任务。"莫格里说，"现在我暂时担任村里的牧牛人。有什么关于谢尔可汗的消息吗？"

"他已经回到这片地方了。而且，他已经在这儿等了你很长时间。不过由于现在这块地能捕的猎物有点少，他又离开了，但他已经决定要杀了你。"

"很好，"莫格里说，"只要他不在这儿，灰哥哥你或是四兄弟中的任意一匹狼就坐在那块石头上。但凡我从村里外出，便能看到你们。如果谢尔可汗回来了，你们就在平地中央的紫铆树[1]旁的沟壑处等我。我们没必要落入谢尔可汗的虎口。"

随后，莫格里选了一处阴凉地儿，趁着水牛们在他身旁吃草的间隙，躺下来睡了一觉。在印度放牧是世界上最悠闲的事情之一。牧牛们时而往前走上几步，嘎吱嘎吱地嚼草，时而躺在地上，休息片刻后又起身前行。这些牛甚至连哞哞叫上几声都不干，他们只会一个劲地咕噜作响。水牛则很少发出动静，他们都是一头接一头地踏入泥池，并将全身都浸

---

1 紫铆树，别名胶虫树，常见于中国及亚洲热带地区。

泡在泥中，只在水面露出鼻子和瞪大的瓷蓝色双眼。他们一动不动地躺着，像极了一根根漂在泥上的圆木头。石块们在太阳的炙烤下跳起了舞，牧童们听到头顶上方传来了一只鸢鸟（不会再有第二只）的啾鸣声。这只鸢鸟飞得极高，几乎看不见。这些孩子知道，但凡他们或是一头牛没了性命，鸢鸟便会俯冲而下，其余几英里外的鸢鸟在瞅见这般动静后，便会一只只尾随而至。基本在这只猎物尚存一息时，就会有二十只左右的饥饿鸢鸟从四面八方冒出来。待瞥完鸢鸟后，这帮牧童便睡睡醒醒，做一些事情打发时间：他们会用干草编出一个个小篮子，并将蚱蜢关在里面；不然就是抓两只螳螂，让他们互相打斗；又或者用红红黑黑的丛林坚果串成一条项链；再不然就是看看蜥蜴在石头上晒太阳、蛇在水坑旁捕猎青蛙的场景。随后，孩子们便会开始唱起长长的歌谣，并在歌曲末尾加上当地的奇特颤音。这样的一天，仿佛比许多人的一生更为漫长。此外，他们还能造出一座泥巴城堡，在其中摆上泥人、泥马、泥水牛，并在泥人的手里放上芦苇秆。他们幻想自己是国王，而这些泥巴模型是他们的军队；或是幻想自己是被崇敬的神明。当夜晚来临时，这些牧童便会又喊又叫，水牛们则会依次从黏稠的泥池中缓慢移出，发出一声声似枪响般的噪声。孩子们领着牛群,排成一行穿过灰蒙蒙的平地,重新回到灯光闪烁的村子中。

日复一日,莫格里带着水牛们前往泥沼;日复一日,他在平地一英里半开外的地方,看到灰哥哥的背脊(这样一来,他便知道,谢尔可汗还没回来);日复一日,他躺在草地上,聆听周围的窸窣声响,回想起原先在丛林里度过的日子。在那些漫长寂静的清晨,倘若谢尔可汗在维恩冈加河畔的丛林里抬起瘸腿、迈错一步,莫格里都会听得一清二楚。

终于到了某一天,莫格里没有在约定好的信号地点看到灰哥哥,便大笑起来,将水牛们领到紫铆树旁的沟壑处。这条沟壑里开满了金红色的花儿,灰哥哥坐在那儿,后背上的鬃毛根根立起。

"他已经躲了一个月,就是为了让你卸下防备。他昨晚和塔巴奎一道沿着你留下的新鲜脚印,穿过了你们日常的活动区域。"灰哥哥喘着气说。

莫格里皱着眉头说:"我不怕谢尔可汗,但塔巴奎是非常狡猾的豺。"

"别怕他,"灰哥哥说,微微舔了舔唇,"我在黎明时就见过塔巴奎了。这家伙现在正将他的学识悉数分享给鸢鸟们。不过，在我咬断他的背脊前，他把一切都告诉了我。谢尔可汗打算今晚在村子大门处等你——除了你，他谁都不等。现在他正躲在维恩冈加河畔的干涸的大河谷中休憩。"

"他今天吃过了吗，还是什么猎物都没捕到？"莫格里问，因为这个问题的答案关系到他的生死。

"他在黎明时杀了一头猪，而且他还喝了水。你要记得，即使是为了复仇，谢尔可汗也从来不会禁食。"

"噢！他可真笨，真是笨死了！这是猫崽生的猫崽才会干的蠢事！不仅吃了东西，还喝了水，甚至还以为我会一直等到他睡醒！这家伙现在躲在哪儿？如果我们能凑齐十个伙伴，也许能趁他休息时将其制服。这群水牛如果没有嗅到他的气味，是不会攻击的，而且我也不会说牛类的语言。我们有办法追踪到谢尔可汗的移动路径，让水牛们嗅到吗？"

"他沿着维恩冈加河游了很长一段，切断了自己的踪迹。"灰哥哥说。

"我知道，这方法是塔巴奎告诉他的。这只老虎永远不可能凭自己想出这么好的方法。"莫格里站起身，将手指含在嘴里，思索着，"维恩冈加河畔的大沟壑，它的豁口是开在离这儿差不多半英里开外的平原上。我可以带着牛群绕个圈子穿过丛林，前往沟壑的顶部，然后从那儿扫荡而下，但他可能会从底部溜走，我们必须在那里堵住他的出口。灰哥哥，你能帮我把这群牛一分为二吗？"

"我恐怕不行，但我为你带来了一个精明的帮手。"灰哥哥快步跑开，跳进了一个洞中。随后，一颗硕大的灰脑袋从其中冒了出来，莫格里对这个脑袋可再熟悉不过了。炙热的空气中，顿时回荡起整座丛林中最为凄凉的吼叫声——这是狼在正午时发出的狩猎嗥叫。

"阿克拉！阿克拉！"莫格里边说边拍起了手，"我早就应该想到的，你一定不会忘了我。我们手头可是有一项大工程要完成。阿克拉，把牛群一分为二。母牛和小牛们在一边，公牛和犁地的水牛们待在另一边。"

两匹狼开始奔跑起来，他们迈着女子环形交谊舞的脚步，在牛群中跑进跑出。那些牛抬着头，喷着鼻息，被分成了两群。一边是母水牛们带着小牛犊。母水牛怒目而视，用蹄子扒拉地面，做好了攻击的准备。只要一匹狼停下脚步，她们便会一冲而上，将其撞倒踩死。另一边是鼓鼻、跺脚的成年公牛和年轻公牛。他们看似气势汹汹，但实际危险性要小上许多，毕竟他们没有小牛犊需要保护。即使是六个成年男子，也没法像他俩一样将牛群这么整齐地一分为二。

"下指令吧！"阿克拉喘着气，"他们又要跑到一起了。"

莫格里一溜烟蹿到拉玛的背上。"把公牛们引到左侧，阿克拉。灰哥哥，我们离开后，你就继续收拢母牛们的队伍，把她们领到沟壑的底部。"

"要领到多远？"灰哥哥问，他喘着粗气，发出尖厉的嗥叫。

"把她们领到谢尔可汗跳不过去的地方。"莫格里大声喊道，"拢好她们，等我们下来找你。"随着阿克拉的一阵狂吼，公牛们蜂拥离去。灰哥哥则在母牛群前停下了脚步。一旦母牛们向他撞去，他便向前跑到队首，领着她们来到沟壑的底部。与此同时，阿克拉已领着公牛群跑到了左侧很远的地方。

"做得好！只要再下一次指令，他们就可以开始跑了。小心点，现在一定要小心点，阿克拉。只要你再嗥一声，这群公牛就会开始横冲直撞了。呼呀！这活儿可比原来赶黑雄鹿刺激多了。你原来有想过这群牛会跑得这么快吗？"莫格里喊道。

"在我……在我原来年轻时，还捕过这类牛。"阿克拉在尘埃中喘着气，"我需要把他们领到丛林中吗？"

"哎！需要的，快点儿把他们带过去！拉玛已经气到癫狂了。噢，要是我可以告诉他，今天需要他帮我做点什么就好了。"

这次，公牛们被领到右侧，冲进了一片挺立的灌木丛里。正在半英里外的地方照看牛群的其他牧童，全都快速地朝村子飞奔而去，嘴里喊着："水牛们疯了！他们在到处乱跑！"

其实莫格里的作战计划很简单。他想绕个大圈子绕到沟壑的顶部，然后再领着公牛们一拥而下，在公牛和母牛的夹击中逮住谢尔可汗。他知道，谢尔可汗在饱餐痛饮一顿后，他的状态既无法迎战，也不能爬上沟壑的边缘。现在，莫格里正用自己的声音抚慰水牛们，而阿克拉则远远地落在后边，只是偶尔发出一两声呜咽，提醒落后的水牛加快脚步。这个圈子绕得可大极了，因为他们并不想离沟壑太近，以免引起谢尔可汗的警惕。最终，莫格里领着绕晕的牛群来到沟壑顶部，将它们聚在一小块陡直下斜至沟壑内部的草地上。从这个高度望去，不论是树顶，还是下方的平原，都一览无余。但此时莫格里的注意力都放在沟壑的边缘上。他发现，两侧边缘几乎都是直上直下，其上爬满了藤蔓和攀缘植物。倘若一只老虎想翻越而出，基本找不到落脚点。对此，莫格里满意极了。

"让他们喘口气吧，阿克拉，"莫格里边说着，边举起手，"他们现在还没嗅到谢尔可汗的气味，就让他们先喘口气。我必须告诉谢尔可汗是谁来了。我们可是把他困在了陷阱中。"

莫格里将手搁到嘴边，冲着沟壑内大喊起来。石块间激起阵阵回声，效果几乎和对着隧道里呼喊一模一样。

过了很长一段时间后，沟壑内传出一阵慢吞吞、懒洋洋的咆哮声。这只吃饱喝足的老虎刚从睡梦中醒来。

"谁在喊我？"谢尔可汗说。一只斑斓的孔雀尖叫着从沟壑里振翅而出。

"是我，莫格里。你这个偷牛贼，是时候去会议之岩了！赶下去，阿克拉，赶快把这些牛赶下去！往下跑，拉玛，往下跑！"

牛群在斜坡边缘停顿了片刻，但随着阿克拉全力吼出狩猎的咆哮，他们便一头接一头地冲了下来，犹如激流中急驶的轮船，沙石在他们周围飞溅而起。一旦牛群开始飞奔，很难再停下。在他们还未彻底跑到沟壑的河床前，拉玛便嗅出谢尔可汗的气味，吼叫起来。

"哈！哈！"骑在拉玛背上的莫格里说，"现在你知道了！"黑色的牛角、喷着白沫的牛鼻子以及瞪大的牛眼，化为激流顺着沟壑急速而下，犹如洪水暴发时飞下的巨石。力气稍弱的水牛被挤了出去，甩到沟壑的边缘，撞碎藤蔓。牛群继续向前猛冲。他们知道，在前方等着自己的是什么——即使是老虎也无法抵挡住水牛们恐怖的冲击力。谢尔可汗在听到牛蹄发出的隆隆声后，站起身挪向沟壑的底部。他朝两侧望了望，试图找出一条逃生路线，但由于沟壑两壁都是平直的构造，他只能继续前行。他的肚子里装满了食物和水，沉得跑不动。他愿意做任何事，除了战斗。牛群们冲过他方才离身的水池，溅起了一片水花，他们发出的吼叫响彻狭窄的豁口。莫格里听到沟壑底部传来一声回应的咆哮，他发现谢尔可汗掉转了方向（这只老虎知道，现在这种情况，与其对付带着小牛犊的母牛们，不如转而迎战公牛们），随后，拉玛绊了一下，在踉跄几步后，继续朝前狂奔。途中，他踩到了某种软乎乎的东西。跟在拉玛身后的公牛们与另一群牛撞了个满怀,强大的冲击力把较为羸弱的水牛们掀得四脚离地。两大群牛也被这一撞顶到沟壑外的平原上。在那儿,他们顶角,跺脚,喷鼻息。莫格里算准时机,从拉玛的脖颈处滑了下来,在他身旁左右摇动着手里的竿子。

"快点儿,阿克拉!分散开牛们。要把他们都分散,不然他们又会彼此打起来。把他们都赶到一边儿去,阿克拉。嗨,拉玛!嗨,嗨,嗨!我的孩子们。现在放温和些,温和些!一切都结束了。"

阿克拉和灰哥哥跑前跑后,啃咬水牛们的腿。虽然牛群一度转身试图冲回沟壑,但莫格里还是设法让拉玛掉转方向,其余牛们跟着他踏进了泥沼中。

已经没必要再去踩踏谢尔可汗了。这只老虎已经死透了,鸢鸟们已经朝他所在的位置飞了过来。

"兄弟们,他的死法就和一条狗没两样。"莫格里边说边摸起了自己携带的小刀。自从他和人类在一起生活后,总是将小刀放在挂于脖子上的刀鞘中,"不过他本来就没法打架。这家伙的皮如果披到会议之岩上,一定很不错。我们得赶快干活了。"

倘若是由人类训练,男孩做梦也想不到,能独自扒掉一头十英尺长的老虎的皮。不过莫格里比任何人都更了解动物皮毛的生长方式，而且他也比其他人更清楚，应该以怎样的方式取下动物的皮毛。这项工作很辛苦，莫格里连砍带撕，呼哧忙活了一个小时。两匹狼此时正伸出舌头，待在一旁休息。当莫格里呼唤他们时，他们便会走上前去，使劲拖拽几下。突然间，一只手搭上了莫格里的肩膀，他抬头望去，发现布尔迪欧正端着他的塔瓦式滑膛枪。孩子们在村里说了水牛乱窜的事，布尔迪欧听完后生气地出了村。由于莫格里没有很好地看管牛群，他急匆匆地想教训这小家伙一顿。两匹狼在察觉布尔迪欧过来后，立马跑走了。

"你在干什么傻事？"布尔迪欧生气地说，"你以为自己可以扒下一张老虎皮吗？水牛们是在哪里杀死这只老虎的？他可是那只脑袋值一百卢比的瘸腿虎。好吧，好吧，你放跑牛群的事情可以既往不咎，在我把虎皮带到可汗希瓦拉后，也许还能从赏金中分你一个卢比。"他在腰布中摸索起来，掏出打火石和打火镰，弯下腰准备烧掉谢尔可汗的胡须。在当地，大部分猎人总会烧掉老虎的胡须，以防他的鬼魂跑来纠缠。

"哼！"莫格里边说边撕下前爪的虎皮，他知道，其中一半的话是说给自己听的，"所以你会把这张虎皮带到可汗希瓦拉去领赏，也许还会分我一个卢比？现在我决定了，我要把这张皮留着自己用。哎！你这个老头，把火拿开！"

"你竟敢用这种语气和猎人头子讲话？你能杀死这只老虎，不过是靠你的运气和水牛们的蠢脑袋罢了。这只老虎刚吃饱，不然这时他早就跑到二十英里开外的地方。你这个小乞丐，甚至都不会正确地剥他的皮。我，布尔迪欧，还得听你的指示，不烧这只老虎的胡须？莫格里，我连赏金中的一个安那[1]都不会分给你，只会赏你一顿狠揍。快把老虎尸体放下！"

"我以那头赎买我的公牛起誓，"莫格里说着，开始尝试扒下老虎肩膀的皮，"我为什么必须跟只老猿唠叨一中午？这儿，阿克拉，这个人烦死我了。"

布尔迪欧还在继续俯身打量着谢尔可汗的脑袋，突然间，他察觉到自己摊开手足倒在了草地上，一匹灰狼站在他的身旁盯着他看。与此同时，莫格里继续扒着手里的老虎皮。他专心致志，仿佛全印度只剩下他一个人。

---

1 安那，印度通用货币。1安那=0.0625卢比。

"是——啊，"莫格里从牙缝中挤出了话，"你说的一点都没错，布尔迪欧。你连赏金中的一个安那都不会分给我。我和这头瘸腿老虎是老对头——从很久之前，我们就在打仗，而现在——我赢了。"

公平地说，倘若布尔迪欧年轻十岁，他要是在林子中碰见阿克拉，还是敢冒险和他打上一架。但这匹狼竟会服从一个男孩的话，而他又和吃人的老虎有着私人恩怨，那么这匹狼绝非等闲之辈。这一定是妖术，而且是那种最恶毒的魔法在搞鬼，布尔迪欧这么想着，他思忖起自己脖子上的护身符能否保护他。他一动不动地躺着，觉得莫格里分分钟都有化身为虎的可能。

"土邦主啊！伟大的王啊！"最后，布尔迪欧嘶哑地低语道。

"哎。"莫格里说，他并没有转头，而是浅浅地咯咯笑着。

"我是个老人家，并不知道您的身份比牧童要伟大许多。我能起身从这儿离开吗？您的仆人会把我撕成碎片吗？"

"走吧，愿和平与你同在。只是，下次别再打我猎物的主意了。放他走，阿克拉。"

布尔迪欧一瘸一拐地以最快的速度飞奔回村，他不时转头望向莫格里，生怕这小家伙会变成什么可怕的东西。当他回到村子后，便讲了一个有关魔法、法术和妖术的故事，祭司听后，神色变得非常严肃。

莫格里还在继续他的扒皮工作。直至暮色降临时，他和两匹狼才把那张艳丽的大虎皮从谢尔可汗的尸体上彻底扒了下来。

"现在我们得把这张皮藏起来，并把水牛们赶回村子里！帮我把这群牛赶到一起，阿克拉。"

牛群们在暮雾中聚拢成队。当他们走近村子时，莫格里看到了灯光，并听到寺庙中的螺号和钟在响。有半数村民在村子大门口等着他。"这是因为我杀了谢尔可汗。"莫格里自言自语道。一阵石头雨突然从莫格里的耳边呼啸而过，村民们高喊着："巫师！狼孩！丛林恶魔！滚开！赶快从这儿滚出去，不然祭司会把你再变回一匹狼。射他，布尔迪欧，射他！"

老旧的塔瓦式滑膛枪发出砰的一声，随后，一头小水牛开始痛苦地吼叫起来。

"他施展了更多的妖术！"村民们喊道，"他甚至可以让子弹拐弯。布尔迪欧，那是你家的水牛。"

"现在发生了什么？"莫格里迷惑地说。这时，更多的石头朝他飞了过去。

"你的这些兄弟，和狼群中那帮混账别无两样。"阿克拉边说边镇定地坐了下来，"依我看，如果这些子弹意味着什么，应该是他们想赶你走。"

"狼！狼孩！滚出去！"祭司边喊边挥动着一小枝圣罗勒草。

"再一次叫我滚？上次因为我是个人，这次因为我是匹狼。我们走，阿克拉。"

一个女人冲着牛群跑了过来，是美苏阿。她喊道："噢，儿子，我的儿子！他们都说你是巫师，可以随意变成野兽。我根本就不信，但你离开这儿吧，不然他们会杀了你。布尔迪欧说你是个巫师，但我知道你替纳素的死报了仇。"

"回来，美苏阿！"村民们呼道，"回来，不然我们就朝你扔石头。"

莫格里感到一块石头击中了自己的嘴巴，他浅浅苦笑了一下后喊道:"跑回去吧,美苏阿。这不过是他们黄昏时分在大树下讲的一个愚蠢故事罢了。至少我替你儿子报了仇。再见了,你要跑快些,我将把牛群赶回村里,他们的速度可是比村民们扔来的碎砖还要快。我不是巫师,美苏阿,再见了!"

"现在,再赶一次牛,阿克拉,"他喊道,"把牛群赶到村子里。"

水牛们迫不及待地准备回村。他们甚至不需要阿克拉叫嚷,就如同旋风一般冲村子大门飞奔而去,把人群撞得七零八落。

"好好数清楚吧!"莫格里轻蔑地喊道,"说不定我还偷了其中一头。好好数清楚吧,反正我也不会再替你们放牛了。再见了,人类的孩子们。你们得感谢美苏阿,要不然我就会带上狼,到你们的街上大开杀戒。"

他转身同孤狼阿克拉一道离开了村子。他抬头望向夜空中的星辰,愉悦之情油然而生。"我再也不用睡在笼子里了,阿克拉。就让我们带上谢尔可汗的虎皮,离开这儿。不过,我们不要伤害村民,毕竟美苏阿对我很好。"

月亮在平原上升起,为大地铺上了一层乳白的光幕。惊恐的村民们发现莫格里头顶一捆东西，带着两只狼一道小跑穿行。他们迈着稳健的狼族步伐，脚步似火焰一般吞没了数英里长的路途。随后，村民们敲响寺庙的钟，把庙内的螺号吹得比以往更响。美苏阿放声大哭，而布尔迪欧则添油加醋地讲起自己的丛林奇遇，到结尾处他还说，阿克拉可以单靠后脚站立，并像人类一样说话。

当莫格里和两匹狼来到会议之岩所处的小山时，月亮正开始下沉，他们停在了狼妈妈的洞穴前。

"他们把我从人族中赶了出来，妈妈，"莫格里喊道，"但我信守承诺，带回了谢尔可汗的虎皮。"

狼妈妈僵直地从洞里走了出来，狼崽们尾随在她的身后。在她看到那张虎皮时，双眼熠熠生辉。

"小青蛙，那天当他把脑袋和肩膀挤进这个洞穴，准备取你的性命时，我就告诉过他，猎人终有一天会成为猎物。你做得真棒！"

"小兄弟，干得漂亮！"灌木丛里传来一个低沉的声音，"没有你在，我们在丛林里真寂寞。"巴希拉蹿了出来，跑到莫格里的赤脚边。他们一起爬上会议之岩，莫格里将虎皮披到阿克拉曾坐过的平坦石块上，并用四根长竹片将其钉牢。阿克拉在其上躺了下来，冲狼群发出了昔日的呼唤："瞧一瞧，看一看，可得看仔细咯，狼伙计们！"这声呼唤和莫格里初次被带到这儿时听到的一模一样。

自从阿克拉被罢免后，狼们便失去了头领，只能凭自己高兴狩猎、打斗。但他们还是出于习惯，回应了呼唤。一些狼掉进陷阱中，腿瘸了；一些狼被枪打伤，跛了；一些狼吃坏了肚子，得了疥癣；还有许多狼失踪了。但剩下的狼们都来到会议之岩，看到了铺在石块上的条纹虎皮，四只悬空垂荡的虎脚上挂着硕大的爪子，这正是谢尔可汗的皮。这时，莫格里唱起一首仿佛自己跑到喉咙里的歌，他放声高唱，并在咯咯作响的虎皮上跳上跳下，用脚后跟打着拍子。莫格里一直唱到喘不过气，才停了下来。在他唱的过程中，灰哥哥和阿克拉会在每段间隙嗥上几声。

"可得看仔细咯，狼伙计们！我有没有遵守承诺？"莫格里说。狼们嗥叫着："有的。"一匹毛皮破烂的狼嗥叫道："再来领导我们吧，噢，阿克拉！再来领导我们吧，噢，人类幼崽！我们已经受够了这般无序的生活，我们想再次成为自由民。"

"不，"巴希拉柔声说，"这件事恐怕行不通。你们只要吃饱了，就会变回一群疯狼。不然你们也不会无缘无故被称作自由民。你们为了自由而战，自由是你们的了。享受这份自由吧，噢，你们这群狼。"

"人族和狼族都把我赶了出来，"莫格里说，"现在我将独自在丛林里狩猎。"

"我们会和你一起狩猎。"四只狼崽说。

于是，莫格里离开会议之岩。自那天起，他和四只狼崽一道开始在丛林里狩猎。不过，他没有一直孤独下去。因为许多年后，他长大成人并结了婚。

但那些故事就得讲给大人们听了。

莫格里之歌

这首歌是他在会议之岩,于谢尔可汗的虎皮上跳舞时吟唱的。

这首歌是莫格里之歌——我,莫格里,
正在歌唱。
让丛林里的生灵来听听我做过的事吧。

谢尔可汗说他会杀了我——他会杀了我!
到了暮色时分,他会在村子大门口
杀了青蛙莫格里!

他吃饱了,喝足了。
就喝个痛快吧,谢尔可汗。
你何时能再喝一顿呢?睡上一觉,做你猎杀我的黄粱大梦吧。

我独自待在草场。
灰哥哥,来到我的身旁!
孤狼,来到我的身旁,因为我们有一番大事要干!

带上那群大公水牛,
带上那群怒目而视的蓝皮公牛。
按我的指令,让他们跑来跑去。

你还在呼呼大睡吗,谢尔可汗?
醒来,噢,醒来!我可是来了,
身后还跟着一群公牛。

水牛之王拉玛,跺着他的脚。
维恩冈加河的河水啊,
谢尔可汗跑到哪里去了?

他不是豪猪伊奇会挖洞,

也不是孔雀玛奥能够飞。

他也不是蝙蝠芒恩,可以挂在树枝上。

嘎吱齐响的小竹子们啊,告诉我他跑到哪里去了?

噢!他在那儿。嗷呜!他就在那儿。

那只瘸腿虎就躺在拉玛的牛蹄下,

起来,谢尔可汗!

站起来,杀了我!这儿可是有肉吃,

只要你咬断公牛们的脖子!

嘘!他睡着了。我们可别叫醒他,

他的力量强得很。

鸢鸟们都飞下来看他。

黑蚁们都爬过来认识他。

这只老虎可真光荣,大集会都开了起来。

啊啦啦!我连块布都没裹。

鸢鸟们会看到我浑身赤裸。

我羞死了，没脸见所有人。

把你的虎皮借给我穿吧，谢尔可汗。
把你艳丽的条纹虎皮借给我，
我就能去会议之岩。

我曾和那头赎买我的公牛做了一个约定，
一个小小的约定。
倘若我要实现它，不能缺了你的虎皮。

用上小刀，
用上人类用的小刀，
用上猎人的小刀，
我将俯身扒下我的礼物。

维恩冈加河的河水啊，
谢尔可汗为了他对我的爱，将他的虎皮给了我。
快拉，灰哥哥！快拉，阿克拉！
谢尔可汗的虎皮可真重。

人族气坏了。

他们扔石头，说些幼稚的话。

我的嘴巴在流血。让我跑出去。

穿过黑夜，穿过炽热的黑夜，

我的兄弟们，和我一起飞快地跑。

我们会跑离村里的灯光，

我们会跑到低悬的月亮下。

维恩冈加河的河水啊，

人族将我赶了出来。

我没有伤害他们，他们却怕我。

这是为什么？

狼族，你们也把我赶了出来。

不仅丛林对我关上了大门，

就连村子也关上了大门。

这是为什么？

蝙蝠芒恩在兽类和鸟类之间飞行，
我也像他一样，在村子和丛林之间奔波。
这是为什么？

我虽然在谢尔可汗的虎皮上翩翩起舞，
但我的内心无比沉重。
明明我的嘴被村民们扔来的石头砸伤，
但我的内心无比轻盈，
因为我再次回到了丛林中。
这是为什么？

这两件事儿在我的心里互相打斗，
就像春日里争斗的蛇。
泪水从我的眼眶流了出来。
当其滑落时，我却放声大笑。
这是为什么？

在我的体内，住着两个莫格里。
但谢尔可汗的虎皮在我的脚下。

整座丛林里的生灵都知道,

我杀死了谢尔可汗。

瞧一瞧,看一看,可得看仔细咯,狼伙计们!

啊哈!正是因为这些我无法理解的事儿,

我的内心无比沉重。

白海豹

嘘！安静点儿，我的宝贝，夜晚在我们的身后，
漆黑的海水闪烁着绿光。
月亮悬于卷浪之上，向下俯视寻找着我们，
它发现我们正在沙沙作响的浪谷间休憩。
波浪互相碰撞，它们是你柔软的枕头。
啊！长着鳍足的小不点儿累坏了，那就蜷缩起你的身子吧！
暴风雨不会吵醒你，鲨鱼不会赶上你，
就在大海缓缓摆动的臂弯间睡个好觉吧！

——《海豹摇篮曲》

这些都是几年前发生在一处称为诺瓦斯托什纳的地方的事。此处又叫东北岬角，坐落于白令海那边遥远的圣保罗岛

上。冬鹪鹩[1]利穆辛和我讲起这个故事，当时，他被风刮到一艘驶往日本的蒸汽轮船的帆索上。我把他救下放到自己的船舱内，好让他的身子暖和起来。在喂了他几天后，利穆辛终于恢复体力得以再次飞回圣保罗岛。这只鹪鹩是一只挺古怪的小鸟，但他知道应该以怎样的方式道明真相。

除非是为了办事，否则没有族群会踏足诺瓦斯托什纳。会经常前往当地办事的族群，只有海豹一族。到了夏季，他们会成百上千地从冰冷、灰暗的海中游至此处。对于生活在全世界各处的海豹们而言，诺瓦斯托什纳海滩可谓最适宜的栖息地。

海豹海凯彻对此事了然于心。每年春天，不论他身处何地，都会像一艘鱼雷艇般径直游向诺瓦斯托什纳，并花上一个月时间和伙伴们互相打斗，争夺岩石上尽可能靠近海边的好位置。海凯彻是一头硕大的灰毛海豹，他已经十五岁了，肩膀上的毛几乎和鬃毛一样，而且还有着一对又长又狠的犬牙。当他立起前鳍足，挺直身板时，离地足有四英尺高。如果有谁足够勇敢到称一称他，便会发现他的体重将近七百

---

[1] 鹪鹩，读音为"jiāoliáo"，小型鸟类，体长约10厘米。

磅[1]。他全身上下都布满了凶猛打斗的伤痕，但他总是做好了再战的准备。他会把脑袋歪向一侧，摆出一副不敢正视对手的样子，但随后，他的脑袋会像闪电一般弹射而出，并将巨齿狠狠扎进对手的脖颈处。对方总是想拼命逃走，因为他们知道海凯彻不会手下留情。

但海凯彻从不追击战败的海豹，因为这违反海滩法则。他仅仅是想在海边找一块能够生儿育女的地盘。不过每年春季，会有四五万只海豹出于相同目的，来到此地抢夺地盘。呼啸声、吼叫声、咆哮声、撞击声，声声交织，响彻海滩，听得人毛骨悚然。

站在一座名为哈钦宋山的小山上俯瞰，你会发现打斗的海豹布满了整整三英里半的海滩。在拍岸的浪花间，随处可见探出的海豹头。他们都急着上岸，加入混战的大军之中。不论是浪涛中、沙滩上，还是磨到平滑的玄武岩育儿处，到处都是他们打斗的身影，因为他们就像人类一样，既愚蠢又不肯通融。到了五月底或是六月初，他们的配偶才会登岛，这些雌海豹可不想被撕成碎片。那些还没成家的两岁、三

---

[1] 磅，英美制质量或重量单位。1磅≈0.4536千克。

岁、四岁小海豹则会穿过打斗的阵地，深入内陆大约半英里，成群结队地在沙丘上四处玩耍，并把地上长出的绿色植物悉数磨掉。这些小海豹叫作霍鲁思奇琪，意为单身者。单是诺瓦斯托什纳就有大约二三十万头霍鲁思奇琪。

在海凯彻刚结束今年春天的第四十五场打斗时，他的妻子玛特卡从海里游了上来。这头雌海豹性情温和，有着油亮的皮肤和温柔的双眸。海凯彻叼住她的后颈，将其一把扔进自己的地盘。他粗暴地说："像往常一样迟到了。你上哪儿去了？"

海凯彻有个习惯，在他待在海滩上的四个月内不会吃任何东西，也正因此，他的脾气总是很暴躁。玛特卡知道比起直接回话，还是谨慎行事为妙。她朝四周望了望，低声说："你真细心，又占了老地方。"

"那当然了！"海凯彻说，"看看我！"

他的身上有二十处被抓破冒血的伤口，一只眼睛快废了，身体两侧也被撕出道道伤痕。

"噢！你们这些男的，你们这些男的！"玛特卡边说边扇起自己的后鳍足，"你们为什么不能理智一点，安静地划分好自己的地盘呢？你这副样子，看起来就像和虎鲸打了一架。"

"我从五月中旬开始,除了打斗,其他什么事都没干。今年的海滩真是挤得太不像话了。我至少遇到了一百头来自卢卡农海滩的海豹,他们全是为了占地盘安家。为什么大家不能待在自己的地盘上呢?"

"我时常在想,如果我们不待在这块拥挤之地,而是去水獭岛上安家,也许会快乐许多。"玛特卡说。

"呸!只有霍鲁思奇琪才去水獭岛。如果我们去了那儿,他们会说我们是害怕了。我们必须保住自己的面子,亲爱的。"

海凯彻自豪地将脑袋埋进肥硕的肩膀中,并假装睡着了,其实他时刻都保持着高度的警惕,准备迎战。现在,所有海豹和其配偶都到了岛上,即使在几英里外的海域,你都能听到他们的喧嚷声,声音甚至能盖过最响亮的飓风声。海滩上至少有上百万头海豹——老海豹、海豹妈妈、海豹宝宝以及霍鲁思奇琪,他们在一起打斗、爬行、玩耍,并呜呜地叫唤着。他们会成群结队在海上来回浮潜。但凡视野可及之处,每一寸地上都趴满了海豹。即使在雾中,到处都是他们成群打斗的身影。诺瓦斯托什纳总是雾气缭绕,除非是太阳冒出头，岛上的一切才会闪烁出珍珠的光泽，并似彩虹一般七彩缤纷。不过，这般景象只会展露片刻。

玛特卡的宝宝珂提克就出生在这片海豹混战中。他同其他小海豹一样，脑袋和肩膀都发育完全，并有着水汪汪的浅蓝色双眸。但他的皮毛却有稍许不同，使得他妈妈非常仔细地打量起他。

"海凯彻，"最终她说，"我们的宝宝会是头白海豹！"

"别胡说！"海凯彻喷了喷鼻息，"世界上可从没出现过白海豹。"

"我不管，"玛特卡说，"从现在起就会有了。"随后，她轻哼起海豹之歌，所有的海豹妈妈都会给自己的宝宝唱这首歌：

> 除非你满六周了，你才能游泳；
> 不然，你将会脑袋朝下沉到海底；
> 夏天的飓风和虎鲸，
> 对于海豹宝宝而言，都是坏东西。

对于海豹宝宝而言，都是坏东西，亲爱的小老鼠，

它们坏透了，糟糕至极；

溅泼起水花，长成健壮的海豹，

这样，你才不会步入歧途。

辽阔海洋的孩子啊！

自然，这小家伙起初并不理解这番话。他待在妈妈身边，用小鳍足啪啪拍水，到处乱爬。当他的爸爸和另一头海豹打斗，彼此在光滑的岩石上高声吼叫、滚来滚去时，他也懂得匆匆跑开。玛特卡经常下海觅食，虽然海豹宝宝两天才喂一顿，但每喂一次，他都会猛吃一顿，吸收充足营养，茁壮成长。

他学会爬行后，做的第一件事便是爬到内陆。在那儿，他见到了成千上万只同龄的海豹宝宝。他们像小狗一样玩在一起。倘若玩累了，就趴在干净的沙地上睡觉，等睡醒后再继续玩。由于育儿处的老海豹们不会多留意这些小家伙，而霍鲁思奇琪也都待在自己的地盘上，这些海豹宝宝得以拥有一段美妙的玩耍时光。

当玛特卡结束深海捕鱼后，她会径直爬向海豹宝宝们的

玩耍地，并像母羊呼唤小羊羔一般呼唤珂提克。然后，她开始等待，直至听到珂提克呜呜的叫声。这时，她会沿着最短的直线路径，朝珂提克的位置冲去。她用前鳍足扫出一条前行道路，并拍倒左右两侧的海豹宝宝，让这些小家伙摔得四仰八叉。在玩耍地上，总会有几百只海豹妈妈在寻找自己的孩子，这让海豹宝宝们也一直充满活力。不过，就像玛特卡跟珂提克说过的那样："只要你不躺在泥水中，染上疥癣，或是在硬沙地里蹭来蹭去，划破、擦伤自己，或是在掀起巨浪时，跑去游泳，那么在这儿，任何事物都无法伤害你。"

小海豹并不是出生后就会游泳。不过，如果小海豹们学不会游泳，心情就会一直沮丧。珂提克初次下海时，一个浪花把他拍进海水中，他的大脑袋直往下沉，小小的后鳍足飞翘而起，状态就和妈妈歌里所唱的一模一样。多亏随后而来的浪花将其一把推出，不然他就淹死了。

自那之后，他便学会躺在海滩边的水池里，让水浪恰好盖过头顶，并在他划水之际，将其托举而起。不过，为了防止巨浪弄伤自己，他也总是瞪大了双眼。他用了两周时间学会使用自己的鳍足，在这期间，他总是在水中来回挣扎，呛水咳嗽，嘟哝抱怨。在折腾一番后，他会爬上海滩，在沙地里打个小盹，待休息够后再回到水中。最终他发现，自己确实是属于海洋的动物。

说到这儿，你应该可以想象他和伙伴们一起玩耍的画面吧。他们会一头扎进巨浪中；或从卷浪的浪尖冒出头，借大浪的冲击之势冲至海滩远处，并在飞溅的水花中落地；或模仿老海豹们的样子，靠尾部支撑立起身子，挠挠自己的小脑袋；又或在探出水面、长满海草的光滑岩石上玩"我是城堡国王"的游戏。时不时，珂提克会发现一片薄薄的、类似大鲨鱼鱼鳍的鳍，沿着海岸的方向漂游而来。他知道，它的主人是虎鲸格拉姆普斯。这头虎鲸会在逮住小海豹时，将其吃掉。每当发现这片鳍时，珂提克会像离弦的箭一般奔向海滩。而那片背鳍则会缓缓地扭动离去，仿佛什么都没有发生过一样。

到了十月下旬，海豹们便会离开圣保罗岛前往深海。他们会以家庭或群落为单位展开迁徙。自此，海豹们不会再为了争夺育儿地盘而互相打斗，霍鲁思奇琪能够随心所欲地到处玩耍。"到了明年，"玛特卡对珂提克说，"你将会成为一头霍鲁思奇琪。不过今年，你必须学会如何捕鱼。"

他们一起动身横跨太平洋。一路上，玛特卡向珂提克展示了如何仰躺在海中，将鳍足向下收进身体两侧，让小鼻子刚好微露出水面。太平洋绵长、轻晃的浪涌可谓世上最舒适的摇篮。当珂提克感到全身皮肤刺痛时，玛特卡告诉他，他正在学习"感知海水"。那些刺痛、针扎般的感觉意味着糟糕的天气即将来临，他必须拼命游离这儿。

"不用多久，"她说，"你就知道该游向何方。不过现在，我们会跟随鼠海豚海皮格的脚步，因为他非常聪颖。"一大群鼠海豚正在海中急速猛冲、劈波斩浪，小珂提克尽可能快地跟随着他们。"你们怎么知道该游向何方呀？"他喘着粗气问。鼠海豚们的领队翻了翻雪白的眼珠，朝下扎进水中。"我的尾巴感到刺痛，年轻人，"他说，"这意味着，我的身后将出现飓风。跟我来！倘若你身处黏水（他意指赤道附近海域）南部，尾巴感到刺痛，那说明在你的前方将出现飓风，你得朝北游。跟我来！这儿的海水真让人感觉不舒服。"

珂提克学会了许多事情，这是其中之一，他总是在学习新知识。玛特卡教会他沿着海底堤岸追寻鳕鱼和大比目鱼的踪迹，并从海草环绕的洞穴中扯出三须鳕；还教会他绕开水下一百英寻[1]的沉船，并趁鱼群游动时化身为出膛的子弹，在各个舷窗间冲进冲出；还教会他如何在电闪雷鸣的恶劣天气中，于浪尖翩翩起舞，并彬彬有礼地向随风飞下的短尾信天翁和军舰鸟挥动鳍足；还教会他像海豚一样，将鳍足紧收在身体两侧，弯起尾巴，一举跃离海面三四英尺高；还教他不要去碰飞鱼，因为这种鱼全身上下都是骨头；更教会他在十英寻深的海底，从全速前行的鳕鱼肩上咬下一块肉，并在遇到大小船只，尤其是那种小划艇时，绝不停下端详。六个月过去了，倘若说珂提克在深海捕鱼方面还有哪些不懂的知识，那都是一些不值得知晓的东西。在那段时间中，他的鳍足从未搁在干燥的地面上休息过。

有一天，当躺在胡安·费尔南德斯群岛外某处温暖的海水中半梦半醒时，他感到全身虚弱，无精打采，就像春天那种使人慵懒的感觉。他想起七千英里外诺瓦斯托什纳的坚实优质海滩，伙伴们玩的游戏，海草散发的气味，海豹的吼叫声，以及彼此间的打斗。这一刻，他转向北侧，坚定地向前游去。一路上，他遇到了几十个同伴，全都游往同一个地

---

[1] 英寻，英美制计量水深的单位。1英寻≈1.828米。

方,他们说:"你好呀,珂提克!今年我们都会成为霍鲁思奇琪了,我们不仅可以在卢卡农海滩外的浪花间跳起火焰舞,还可以在新长出的草地上玩耍。但你是从哪里弄来这身皮毛的呀?"

现在,珂提克的皮毛几乎变成了纯白色。他对此感到非常自豪,却只说:"游快点儿!我的骨头痛到不行,等不及要上岸了。"随后,他们全都回到自己出生的海滩上,听到他们的父亲——一群老海豹,正在翻滚的雾中互相打斗。

那一晚,珂提克和满周岁的海豹们跳起了火焰舞。自诺瓦斯托什纳至卢卡农的海面上,绵延着熊熊燃烧的夏夜火焰。每当一头海豹跃起时,身后会留下一道似燃油般的痕迹与火红的光亮,而海浪则碎成大块磷光闪闪的条纹和漩涡。随后,他们会到内陆上霍鲁思奇琪的地盘,在新长出的野麦地上滚来滚去,讲起自己在海中所做之事。他们在聊起有关太平洋的事时,表现得和人类男孩谈论自己采集坚果的树林时一模一样,如果有人能听懂他们的话,在他离开岛屿后,将会描绘出一幅前所未有的海洋航图。三四岁大的霍鲁思奇琪从哈钦宋山上嬉闹而下,大喊道:"让开路,年轻人!大海深得很,你们不了解其中蕴藏的无限奥秘。等你们绕过合恩角后再说吧。嗨，你这头一岁的海豹，是从哪里弄来这身白毛的？"

"这可不是我弄来的，"珂提克说，"它是我自己长出来的。"就在他准备拱翻发言的海豹时，两个长着红扁脸盘的黑发男子从沙丘后走了出来，珂提克由于先前从未见过人类，便咳了几声，低下自己的脑袋。霍鲁思奇琪急忙后退几码，坐着呆呆地瞪大了双眼。来者并非他人，正是岛上海豹猎人的头子科里克·布特林恩和他的儿子帕塔拉蒙恩。他们从距离育儿处不到半英里的小村子过来，正计划要将一些海豹赶到猎杀围栏中——对于他们而言，赶海豹就像赶羊一样——随后，就可以把他们做成海豹皮夹克。

"噢！"帕塔拉蒙恩说，"看！那里有一头白海豹！"

尽管科里克·布特林恩的脸上覆着油烟，还是能看见他的脸瞬间变得煞白。他是阿留申人，阿留申人不讲究干净。然后，他开始念起祷告词。"别碰他，帕塔拉蒙恩。自……自我出生以来，这儿从未出现过白海豹。也许他是老扎哈洛夫的鬼魂，毕竟他去年在一场飓风中失踪了。"

"我没有靠近他，"帕塔拉蒙恩说，"那个老人真是不幸。你真的认为这头海豹是老扎哈洛夫转世的吗？我可是还欠了他一些海鸥蛋。"

"别看他，"科里克说，"转头去赶那些四岁的海豹。工人们本来今天要扒两百张海豹皮，但由于捕猎季刚开始，再加上他们都是新手，今天能扒一百张皮就不错了。赶快些！"

帕塔拉蒙恩走到一群霍鲁思奇琪跟前，拿出一对海豹的肩胛骨砰砰敲了起来。他们都呆愣在原地，喷着鼻息，喘着粗气。随后，帕塔拉蒙恩迈步走近，而海豹们也开始移动起来。科里克则领着他们前往内陆，但这些海豹未尝试重返伙伴们中间。成百上千的海豹眼睁睁地看着同伴们被人赶走，然后再若无其事地继续玩耍。珂提克是唯一一头提出疑问的海豹，但其他海豹都答不出个所以然来。他们只知道，每年有六周到两个月的时间，人类总会用这种方式驱赶海豹。

"我打算跟过去看看。"珂提克边说边沿着海豹群的足迹拖步前行。他瞪大了双眼，几乎要将眼珠瞪出眼眶。

"那头白海豹正跟着我们，"帕塔拉蒙恩喊道，"这可是第一次，会有一头海豹独自前往屠宰场。"

"嘘！别朝后看，"科里克说，"他绝对是扎哈洛夫的

137

鬼魂！我必须把这件事告诉祭司。"

虽然去屠宰场的路只有短短半英里，他们却花了整整一个小时才走到，因为科里克知道，如果海豹们走得太快体温会升高，这样一来，在扒皮时，海豹的皮毛就会成块掉落。于是，他们走得非常慢，一点点挪过海狮颈，挪过韦伯斯特家的宅邸，最终抵达了盐屋，这座屋子恰好坐落在海滩上海豹们看不见的地方。珂提克跟在他俩身后，边喘着粗气，边好奇地到处打量。他觉得自己仿佛身处世界尽头。但身后海豹育儿处传来的吼叫声，却似隧道内火车的轰鸣声一般，吼得震天响。随后，科里克在一块青苔上坐了下来，并拽出一块沉甸甸的锡镴怀表，准备休息三十分钟，好让这群海豹降降温。珂提克甚至能将科里克帽檐上滴落雾露的声音听得一清二楚。然后，十或十二个成年男子，人手拿着一根三四英尺长的包着铁皮的棍棒走了过来。科里克指了指海豹群中一两头被同伴咬伤或体温太高的海豹，紧接着，那些男子抬起由海象脖颈皮制成的重靴，将他们踹到了一旁。之后，科里克说："让我们开始吧！"那些男子使出自己最快的速度，抡起手里的棍棒朝海豹们的头上砸去。

过了十分钟，小珂提克再也认不出自己的伙伴们，因为他们从鼻子到后鳍足的皮毛都被抽扯下来，扔到地上堆了一堆。珂提克受够了。他转身飞奔回海里（海豹可以在短时间内跑得飞快），他那新长出的小髭须被吓得根根立起。在海狮颈，大海狮们坐在浪花边上，发现珂提克用力扎进清凉的海水中，将鳍足举过头顶，摇晃自己的身躯，痛苦地喘着气。"那儿有什么东西？"一头海狮粗暴地说，因为海滩上有一项规定：海狮不和自己族群以外的动物来往。

"斯库奇尼！欧钦斯库奇尼！（我很寂寞，非常寂寞！）"珂提克说，"他们正在海滩上，杀掉所有的霍鲁思奇琪！"

名叫海莱恩的海狮将头转向岸边。"胡说！"他说，"你的伙伴们正和往常一样，在发出噪声。你一定是看到老科里克除掉了一群海豹。这项工作他可是已经干了三十年。"

"这太恐怖了。"珂提克说。当他正往后划水时，一个浪花冲他的上方拍了过来，他旋转着摆动鳍足，稳住自己的身体，停在距一块岩石的齿状边缘仅有三英寸的地方。

"对于刚满一岁的海豹而言，干得漂亮！"海莱恩说，他很欣赏珂提克出色的游泳技巧，"我想，以你的视角来看这件事，会觉得它很可怕，但你们海豹一族年年都会来这儿，人类自然对此了如指掌，除非你能找到一座人类从未踏足的岛屿，不然你们一直都得被追杀。"

"存在这样的岛屿吗？"珂提克急忙问道。

"我跟着大比目鱼群游了二十年，都不敢说自己见过这样的岛。不过看起来，你似乎热衷于和高自己一等的族群聊天。我建议你去海象小岛，和名叫海维奇的海象聊一聊，他可能会知道些什么。别走得那么急啊。你得游上六英里才能到那座岛上，如果我是你的话，会先挪到岸上小睡一会儿，小家伙。"

珂提克觉得这是个好主意，便绕回到自己所属的海滩上。将身体拖上岸后，他睡了半个小时，在此期间，他像其他海豹一样全身抽搐。随后，他径直朝海象小岛游去。那是一座几乎位于诺瓦斯托什纳正东北方的小岛，地势低矮，岩石满布，到处都是岩架、石砾和海鸥巢。在那儿，海象们自我管理和生活。

珂提克在靠近老海维奇的地方上了岸。这头北太平洋的海象又大又丑，臃肿不堪，他不仅长着脓疱，还有着肥大的脖子和长长的獠牙。除了睡觉，他在其余任何时候都粗暴无礼。这时，这头海象刚好睡着了，一只后鳍足搁在拍岸的浪花中，另一只则浮在水面上。

"起来！"由于海鸥们吵得不行，珂提克吼叫道。

"哈！嚯！哼唔！发生什么事了？"海维奇边说边用獠牙敲了敲身旁的海象，把他叫了起来。海象们开始一头接一头地敲醒身旁的同伴，直至全员醒来。他们瞪大眼睛，四处乱看，但就是不看该看的地方。

"嗨！是我！"珂提克说，他在拍岸的海浪中上下摆动，看起来犹如一条小小的白蛞蝓。

"好吧！我还是选择——被人类扒皮！"海维奇说，海象们齐齐望向珂提克。你想想这幅场景：在一间俱乐部里，一群昏昏欲睡的老绅士们看向一个小男孩。珂提克这时不想再听到任何有关扒皮的话，他已经看得够多的了。于是，他大喊道："难道不存在一处人类从未踏足，可供海豹居住生活的地方吗？"

"你自己去找啊，"海维奇边说边闭上了眼，"走开，我们这儿正在忙。"

珂提克像海豚一般在空中跃起，并用自己最大的嗓门喊道："吃蛤蜊的东西！吃蛤蜊的东西！"他知道，虽然海维奇装出一副凶神恶煞的样子，但他一生都没抓到过鱼，总是在挖蛤蜊和海草吃。自然，北极鸥、三趾鸥和角嘴海雀们也按捺不住了，由于他们总想找个时机好好骂上一顿，便也开始高喊起来。对此，利穆辛是这么和我说的：在将近五分钟内，即使有人在海象小岛上开枪，你根本都听不见。岛上所有的鸟类又喊又叫："吃蛤蜊的东西！斯达里克（老家伙）！"海维奇根本招架不住，他边在地上滚来滚去，边嘟哝着咳嗽起来。

"现在你会说了吧。"珂提克上气不接下气地说。

"去问名叫海考恩的海牛，"海维奇说，"如果他还活着的话，他会告诉你的。"

"当我遇到他时，要怎样才能认出？"珂提克边说边转身准备离开。

"他是海洋里唯一比海维奇还丑的家伙，"一只北极鸥边尖声说边在海维奇的鼻子下方盘旋，"不仅长得更丑，而且还更粗暴无礼！斯达里克！"

珂提克游回诺瓦斯托什纳，任凭海鸥们继续高声鸣叫。他不过是想替伙伴们找一块安静的栖息地，但在诺瓦斯托什纳，没有海豹支持他的想法。他们告诉他，人类总在驱赶霍鲁思奇琪——这是日常生活的组成部分——如果他不想见到那些糟糕的事，就不该去屠宰场。不过，也是由于其他海豹未曾见过屠杀的场面，他和朋友们之间才产生了分歧。此外，珂提克还是一头白海豹。

"你必须要做的是，"老海凯彻听完儿子的冒险经历后说，"快快长大，成为一头像我一样的大海豹，这样你就能在海滩上拥有一处育儿地。等到那时，他们就拿你没辙了。再过五年，你应该能为自己而战了。"即使是他的妈妈，温柔的玛特卡也说："你永远没有办法阻止屠杀。去海里玩吧，珂提克。"于是，珂提克带着一颗小小的沉重心灵，跳起了火焰舞。

那年秋季，基于自己小脑袋里的顽固的念头，珂提克早早离开了海滩，独自出发前行。他打算去找海考恩，如果海里真的存在这个动物的话。他想找到一座有着优质、坚实海滩的岛屿，供海豹们生活，并让人类无法接近。于是，他独自从北太平洋游到南太平洋，一路上不断探索，每个昼夜都游上三百英里。他经历了许多冒险，多到说都说不完。他差点就被姥鲨、斑鲨和双髻鲨抓住，但最终死里逃生。此外，他还遇到了各种在海里到处闲逛、不可信赖的恶棍们，身子沉甸甸但彬彬有礼的鱼们，以及长着绯红斑点的扇贝们。这些贝类已停在一个地方长达百余年，对此，他们感到非常自豪。只是，珂提克始终没遇见海考恩，也没找到那座心仪的岛屿。

如果一片海滩足够优质、坚实，而且后面还有一处可供海豹们玩耍的斜坡，那么总能在地平线上发现熬鲸脂的捕鲸船冒出的烟雾。珂提克知道这意味着什么，哪怕就算看不懂，他也知道，海豹曾来过岛上，但全都被杀光。珂提克知道，只要人类登过一次岛，他们就会再来。

他结识了一只老短尾信天翁，这只鸟告诉他，克尔奎勒恩岛是一处平静祥和之地。但当珂提克游到那儿时，下了一场电闪雷鸣的巨大冻雨，他差点就撞上地势险峻的黑悬崖，摔个粉身碎骨。但等他挺过飓风后，才发现那座岛上也曾有过海豹的育儿处。同样的情况也发生在他到过的其他岛上。

利穆辛罗列出一长串岛屿名。他说，珂提克花了五年时间四处探寻，他每年会在诺瓦斯托什纳休息四个月。每当这时，霍鲁思奇琪会嘲笑他及其幻想的岛屿。珂提克到过伽拉帕格斯，那是赤道附近一处干燥到骇人的地方，他差点在那里被烤死；他还到过乔治亚岛、欧尔克尼群岛、埃莫拉尔德岛、小南汀戈尔岛、戈夫岛、布威特岛、克罗赛特群岛，甚至还到过好望角南部一座斑点大的小岛。但在他到过的每一处地方，海里的居民们都告诉他同样的事：海豹们曾经来过这些岛，但人类把他们全都杀光了。即使当他游出上千英里，游出太平洋，来到一处称为科里恩特斯角的地方（当时他刚从戈夫岛往回游），在一块岩石上发现上百只长疥癣的海豹时，他们还是告诉他，人类也来过这儿。

听到这，珂提克的心都快碎了。他绕过合恩角，游回自己所属的海滩。他一路向北，在途中爬上了一座满是葱翠树木的岛屿。在那儿，他遇见了一头很老很老的濒死海豹。珂提克给他捕了鱼，并向其道尽了心中的悲痛。"现在，"珂提克说，"我准备回到诺瓦斯托什纳，如果我和霍鲁思奇琪一起被赶进猎杀围栏，我也毫不在意。"

老海豹说："再试一次吧。我是已经灭绝的玛莎弗尔拉族的幸存者。在人类成百上千只地屠杀我们时，海滩上流传着一个传说，说某一天，会有一头白海豹自北方而来，带领海豹族民前往一处安宁之地。我现在老了，可能没法活到见证的那天，但其他海豹们还有机会。再试一次吧。"

珂提克卷起自己的髭须（它们漂亮极了）说："我是海

滩上迄今为止出生的唯一一头白海豹。不论我的皮毛是黑是白，我都会是试图找寻新岛屿的唯一一只海豹。"

这一想法极大地鼓舞了他。那年夏天，当他回到诺瓦斯托什纳时，他的妈妈玛特卡乞求他娶妻，安顿下来。毕竟，珂提克再也不是一头霍鲁思奇琪，而已是一位成熟的海洋捕手。他的肩上长出了弯曲的白鬃毛，他就像他的爸爸一般魁梧健硕、凶狠好斗。"再给我一年时间，"他说，"妈妈你要记得，冲到海滩最远地方的往往是第七次波浪。"

说来也巧，正好有一只雌海豹也想延迟到明年结婚。在珂提克准备出发进行最后一次探索的前夜，他和她沿着整片卢卡农海滩跳起了火焰舞。这一次，他选择向西游，因为他每天需要吃至少一百磅鱼保持精力，而他恰好碰到一大群大比目鱼，便跟随在他们身后。他一路追捕着他们，倘若累了，就蜷缩起身体，睡在涌向珂波岛的浪谷中。他非常了解这片海岸，所以大致到了午夜，当他感到自己轻轻撞上长着海草的海床时，会说："唔，今晚的海潮来势汹汹。"然后，他便在水下翻个身，缓缓睁开眼，伸个懒腰，接着像小猫般一跃而起，因为他发现一些巨大的生物正在浅水中到处乱嗅，并啃咬着海草们沉甸甸的穗边。

"以麦哲伦海峡的巨浪起誓！"珂提克边说边动了动髭须，"在深海中的动物是谁？"

他们长得不像珂提克之前见过的海象、海狮、海豹、熊、鲸鱼、鲨鱼、乌贼或是扇贝。他们体长二十至三十英尺，没有长后鳍足，却有一条似铲子的尾巴，看起来犹如刚从湿漉漉的皮革上削下。他们的脑袋绝对是你见过的长得最蠢的东西，当他们在深海中停止啃草时，会用尾巴末端保持平衡，并挥动前鳍足，冲彼此庄重鞠躬，看起来就像一个胖墩墩的男子在挥舞手臂。

"啊哼！"珂提克说，"捕猎顺利吗，先生们？"这些大块头像青蛙男仆[1]一般鞠了一躬，挥了挥鳍足作为回应。当他们重新开始进食时，珂提克发现他们的上嘴唇是分成两瓣的，大约能扯一英尺宽，在吞进厚厚一蒲式耳[2]的海草后，会再次合上。他们往嘴里塞了一堆食料，庄重地咀嚼起来。

"这种吃法真是够邋遢。"珂提克说。这些大块头再次鞠躬，珂提克开始生气了。"很好，"他说，"就算你们碰

---

[1] 青蛙男仆，童话故事《爱丽丝梦游仙境》中的人物。
[2] 蒲式耳，英美制容量单位（计量干散颗粒用）。英制1蒲式耳≈36.37升；美制1蒲式耳≈35.24升。

巧多长一节前鳍足，也没必要这样炫耀。我看到你们优雅的鞠躬姿势了，但我想知道你们的名字。"大块头们动了动分瓣的嘴唇，并睁大剔透的绿色双眸，但就是一言不发。

"好吧！"珂提克说，"你们是唯一一群比海维奇长得更丑，而且还更粗暴无礼的家伙。"

突然间，灵光一闪，想起了当他还是一头一岁的小海豹时，北极鸥在海象小岛上喊过的话。他在水中向后一滚，因为他知道，他终于找到了海考恩。

海牛们还在继续啃嚼着海草，珂提克用他一路上学会的各种语言向他们提问，因为海洋生物会说的语言和人类一样多。不过由于海牛们不会说话，他们并没有回应珂提克。海牛们的脖颈处本来应长七块骨头，但他们只长了六块，海底的动物们说，这阻碍了他们和同伴之间展开交流。但你也知道，海牛们多长了一节前鳍足，他们可以将其上下左右挥动，发出一种类似拙劣电报码的回应信号。

天亮时，珂提克的鬃毛根根立起，他的好脾气全被磨光了。这时，海牛们开始以极慢的速度朝北方游去，他们不时停下，开起荒谬的鞠躬大会。珂提克跟着他们，自言自语道："像他们这么蠢的动物，如果没有找到一座安全的岛屿栖身，绝对早就被杀光了。如果一块地对海牛来说足够好，那它对海豹一族而言，肯定亦是如此。尽管如此，我希望他们能快些。"

这一路游下来，珂提克感到累坏了。海牛们一天最多游四五十英里，而且还会在晚上停下来进食，总是在海岸附近徘徊。珂提克在他们周围，或左或右，或前或后，或上或下地游来游去，但就是催不动他们多游半英里。当他们朝北部更远的方向游去时，甚至还会每隔几小时召开一次鞠躬大会，搞得珂提克极不耐烦，差点儿咬掉自己的髭须。不过游到后面，他发现，这群海牛是在尾随一股暖流前行，这时，他才对他们多了几分敬意。

一天晚上，当他们像石块一般沉入闪光的水中时，珂提克才第一次见识到海牛游起来有多快。他尾随着，诧异于他们飞快的速度。他做梦都没有想到，海牛竟然还是游泳健将。他们朝海岸边一处插入深海的悬崖游去，并扎进其底部位于海面下方二十英寻的一个黑黢黢的洞中。这是一次持续时间很长很长的潜泳，珂提克早就等不及海牛们领他穿过漆黑的隧道，他急需吸上一口新鲜空气。

"我的妈呀！"他从洞穴更远的一端跃出，在辽阔的水面上不停喘着粗气。"这也潜得太久了，不过还是值得的。"

海牛们已经四散开来，正沿着海滩边缘懒洋洋地吃草。这片海滩可谓珂提克见过的最优质的海滩。成片磨得光滑的石块绵延好几英里，正好适合做海豹们的育儿处。后面是一块内陆沙地，质地坚硬，稍带斜度，适合做小海豹们的玩耍地。此外，海滩上还有供海豹们起舞的卷浪，供他们翻滚的长草堆，供他们爬上爬下的沙丘。而且，最好的是，珂提克通过感受海水，了解到人类还未踏足于此。真正的海洋捕手从不会在这种判断上失误。

他做的第一件事便是确认当地的捕鱼条件是否良好。他沿着海滩往前游，计算着有多少座风景秀丽的低矮沙岛，半掩在美丽的翻腾的雾气中。往北走，出海口处分布着一排沙洲、浅滩和暗礁，它们将船只悉数拦在海滩外六英里的地方。岛屿和大陆中间是一片延伸至陡峭悬崖的深水区，悬崖下方某处则是隧道的出入口。

"这里可谓另一个诺瓦斯托什纳，但要比那儿好上十倍，"珂提克说，"海牛比我想象中聪明得多。人类即使来过这儿，也无法爬下悬崖，而朝海的浅滩会将船只撞成碎片。如果说大海里有哪个地方是安全的，那一定是这里。"

他开始想念故乡的海豹们，虽然他急着赶回诺瓦斯托什纳，但还是将这块新地盘从头到脚探索了一番。这样一来，他就能回答同伴们提出的所有问题。

随后，他潜入海中，弄清了隧道口的位置，并快速穿过隧道，朝南游去。除了海牛们和这头海豹，其他动物做梦都不会想到，海洋上竟然还存在这样一块地方。当珂提克回望悬崖时，他都不敢相信，自己曾从它们的下方穿过。

虽然珂提克游得不慢，但他还是花了六天才回到家。当他刚爬上海狮颈时，第一个遇到的，便是一直等他的那头雌海豹。她从珂提克的眼中看出，他终于找到了自己梦寐以求的岛屿。

但当他和霍鲁思奇琪、父亲海凯彻以及其他海豹讲起自己的发现时，他们全都笑了起来。一头和他差不多年纪的海豹说："你说的都很好，珂提克，但你不能从一个无人知晓的地方游来后，就这样命令我们出发。记住，我们一直都在为自己的育儿地互相打斗，而你却从未做过此事，反倒更愿意在海中四处闲逛。"

其他海豹也嘲笑起此事，这头年轻海豹开始来回转动脑袋。当年他刚结婚，正为此事烦恼不已。

"我没有为之而战的育儿地，"珂提克说，"我仅仅是想向你们大家展示一处安全生活的地方。打斗有什么用呢？"

"噢，如果你想退出的话，我自然不再多说。"年轻海豹边说边发出了难听的窃笑声。

"如果我打赢的话，你会跟我走吗？"珂提克说。他的眼睛迸出绿光，他非常气恼，最终还是得用打架来解决问题。

"很好，"年轻海豹不屑地说，"如果你赢了，我就走。"

还没等他改变主意，珂提克就将脑袋顶了出去，把牙扎进年轻海豹脖颈处的脂肪层里。随后，他纵身一跃，把对手拖到海滩上摇晃起来，并将其撞翻在地。紧接着，珂提克冲其他海豹们吼道："在过去的五年里，我为你们尽我所能。我已经找到可供你们安全生活的岛屿，不过，除非把你们愚蠢的脑袋从脖颈上扯下，不然你们不会相信。我现在就来教教你们。你们小心了！"

利穆辛告诉我，他一生中——他每年都能看到上万头大海豹互相打斗——他这短短的一生中，从不曾见过像珂提克冲进育儿处的这般景象。珂提克扑向他所能发现的最魁梧的海豹，咬住他的喉咙，让其喘不过气，并冲其猛撞狠打，直至对方咕哝求饶。随后，他将这头海豹扔到一旁，攻击起下一头。你要知道，珂提克从不曾像那些大海豹一样，每年禁食四个月，而深海之行也使其一直保持最佳状态。最重要的是，他之前从未打斗过。他的白卷鬃毛因盛怒立起，眼里射出熊熊怒火，硕大的犬牙闪闪发光，看上去十分帅气。他的父亲老海凯彻看着珂提克杀出一条路，不仅灰白的老海豹们像大比目鱼一般被他拖来拖去，年轻的单身海豹也被其撞得七零八落。海凯彻吼了一声，大喊道："你的父亲也许是个傻瓜，但他是海滩上最好的斗士！别对付你的父亲，我的儿子！他与你同在！"

珂提克吼叫着作为回应，老海凯彻立起髭须，像机车一般喘着粗气，摇摇晃晃地加入打斗中。玛特卡和珂提克要娶的海豹蜷缩在后方，欣赏着她们男人的英姿。这场架打得酣畅淋漓，父子俩一直打到没有一只海豹敢抬起头。随后，他们咆哮起来，扬扬得意地在海滩上并肩漫步。

到了夜晚，北极光透过雾气闪烁着。珂提克爬上一块光秃秃的岩石，俯瞰散落各处的育儿地与受伤流血的海豹们。"现在，"他说，"我已经给你们上了一课。"

"我的妈呀！"老海凯彻边说边僵硬地立起身子，毕竟他伤得挺重，"就算是虎鲸也无法将他们伤得更狠。儿子，我真为你感到骄傲。此外，我会和你一道前往那座岛——如果那地方真实存在的话。"

"听着，你们这群海里的肥猪。谁会跟我一起前往海牛隧道？回答我，不然我再给你们一点颜色瞧瞧。"珂提克吼道。

海滩四处响起窃窃私语，听起来犹如浪潮中涟漪的荡开之声。"我们会去，"上千个疲惫的声音说，"我们会跟随白海豹珂提克。"

随后，珂提克将头垂到肩膀间，骄傲地闭起双眼。他不再是一头白海豹，而是从头到尾一身血红。尽管如此，他也不屑看一眼或是摸一下自己的伤口。

一周后，珂提克和他的大军们（将近有一万头霍鲁思奇琪和老海豹）踏上了前往海牛隧道的北行之旅，由他担任领队。留在诺瓦斯托什纳的海豹们把他们称为傻子。但到了第二年春天，当大家在太平洋的捕鱼海岸相遇时，跟随珂提克的海豹们讲了许多有关海牛隧道那头新海滩的故事，此后，越来越多的海豹离开了诺瓦斯托什纳。当然，这件事并非一蹴而就，因为海豹们不怎么聪明，他们需要花很长时间，在脑子里思前想后地考虑事情。但年复一年，越来越多的海豹们离开诺瓦斯托什纳、卢卡农以及其他育儿处，去往安静祥和、受到庇护的新海滩。在那儿，珂提克会待上整个夏天，变得更为魁梧、肥硕、强壮，霍鲁思奇琪则在他的身旁嬉闹玩耍。这片海域，人类尚未到访。

卢卡农之歌

这是圣保罗岛上的所有海豹们,在夏季游回所属海滩时吟唱的深海歌谣。这是一首非常忧伤的海豹族族歌。

我在早晨遇到了自己的同伴(噢,但现在我老了!),
在岩架上咆哮的夏日涌浪翻滚起伏;
我听到它们传来合唱歌声,淹没了拍岸碎浪的声响——
卢卡农海滩——传来两百万个雄壮的声音。

歌唱盐水湖旁的宜人栖息地,
歌唱喘着粗气、拖着步子走下沙丘的大队人马,
歌唱将海洋搅动成火焰的午夜舞蹈——
卢卡农海滩——在海豹猎人来临之前!

我在早晨遇到了自己的同伴（再也不能见到他们了！），
他们成群结队来来往往，压黑了整片海岸。
向漂着泡沫、声音所能抵达的远处海面，
我们招呼登岸的队伍，唱着歌迎接他们登上海滩。

卢卡农海滩——冬小麦长得如此高——
地衣们起皱滴水，海雾浸湿一切！
我们玩耍地的平台全被磨得又滑又亮！
卢卡农海滩——我们出生的家！

我在早晨遇到了自己的同伴，大家分散得七零八落。
人类在水中射杀我们，在岸上敲打我们；
人类像驱赶愚蠢、温顺的绵羊，将我们赶到盐屋，
但我们依旧吟唱卢卡农之歌——在海豹猎人来临之前。
转过身，朝南转过身；
噢，古维鲁斯卡，走吧！
跟深海总督讲述我们的悲苦故事；
暴风雨扑向海岸，似鲨鱼卵般一扫而空，
卢卡农海滩将不再知晓它子孙后代的任何消息！

"里奇-提奇-塔维"

在他钻进的洞里,

红眼睛向皱皮肤呼喊。

听听红眼睛说的话:

"纳格,过来和死亡跳舞!"

眼对眼,头对头,

(跟上拍子,纳格。)

死了一个,这支舞蹈才会结束;

(随你的便,纳格。)

转来转去,扭来扭去——

(快跑,把你藏起来,纳格。)

哈!戴兜帽的死神失手了!

(你遭殃了,纳格!)

这是有关一场大战的故事：里奇-提奇-塔维在塞戈利营地大平房的浴室中，单枪匹马战斗。长尾缝叶莺达尔泽给了他帮助，只在墙角溜达、不敢走地板中间的麝鼠楚纯德拉给了他建议，但打实战的只有里奇-提奇。

他是一只獴，皮毛和尾巴颇像小猫，但脑袋和习性又很像鼬。他的眼睛和好动的鼻尖是粉色的。他可以用任意一只腿抓挠身上任何想挠的地方，不论是前腿还是后腿，都任其选用。他可以抖松自己的尾巴，直至其看起来像一支瓶刷。当疾跑穿行于长草丛中时，他会发出这般喊杀声："里克-提克-提克-提克-奇克！"

一天，一场夏日巨大的洪水将他从与父母同居的洞穴中冲了出来，他踢着腿，咯咯叫着，一路被带进路旁的沟渠中。在那儿，他发现了一小把漂浮的草，直至他失去意识前，都一直紧握着它。当他醒来时，他正躺在一条花园小道中央，接受阳光的炙烤，实话实说，十分邋遢。此时，一个小男孩正说："这儿有一只死掉的獴，我们为他举行葬礼吧。"

"不，"他的妈妈说，"让我们把他带进屋里，擦干他。也许他没有死呢。"

他们将他带进屋中，一个高大的男人用食指和大拇指夹住他，拎了起来，说他没有死，不过是呛了个半死。于是，他们将他裹进棉絮中，放在小火苗上让他暖和身子。他睁开眼睛，打起了喷嚏。

"现在，"高大的男人说（他是一位刚搬进平房的英国人），"别吓到他，我们看看他将做些什么。"

世界上最难的事便是吓唬一只獴，因为他从头到脚都充满了好奇心。所有獴家族的座右铭是"快跑去看看"。里奇-提奇是一只纯种的獴，他看了看棉絮，断定它不好吃，便绕着桌子跑了起来，随后他坐下打理起自己的皮毛，挠了挠身子，跳到小男孩的肩膀上。

"别怕，泰迪，"男孩的爸爸说，"那是他交朋友的方式。"

"哎哟！他挠得我下巴好痒。"泰迪说。

里奇-提奇透过男孩的衣领和脖颈间的位置，朝下看了看。他闻了闻男孩的耳朵，向下爬到地板上，坐在那儿揉擦起鼻子。

"老天爷，"泰迪的妈妈说，"他可真是只野生动物！我觉得，他之所以那么温顺，是因为我们对他好。"

"所有的獴都像这样，"她的丈夫说，"如果泰迪不抓他的尾巴，或是把他关进笼子中，他会整天在屋子里跑进跑出。我们给他点儿东西吃。"

他们给了他一小片生肉，里奇-提奇非常爱吃。当他吃完后，便从屋内蹿到走廊上，坐在太阳下，抖开自己的皮毛，好让其彻底晒干。随后，他感到舒服多了。

"这栋房子中还有更多东西可以发掘，"他自言自语道，"这可比我们全家一生能够发掘的东西还要多。我一定会留在这儿探索一番。"

那天，他花了一整天在屋里四处漫步。他差点儿淹死在浴缸里。他把鼻子放进写字台上的墨水里，此外，由于他爬到高大男人的腿上，想看一看字是如何写成的，他的鼻子还被男人的雪茄头烫到。到了傍晚，他跑进泰迪的儿童房，想看看煤油灯是如何点亮的。当泰迪上床后，里奇-提奇也爬了上去。但他是个不安分的同伴，因为他整晚都在起身，留意每一声动静并找出其源头。泰迪的父母走了进来，他们睡前做的最后一件事便是看一看自己的孩子。此时，里奇-提奇正睁着眼睛躺在枕头上。"我不喜欢这样，"泰迪的妈妈说，"他也许会咬孩子。""他不会做这种事，"爸爸说，"泰迪和这头小野兽待在一起，会比大猎犬守着他更安全。如果现在有一条蛇爬进儿童房……"

但泰迪的妈妈并不愿意想象这么可怕的事情。

到了清晨，里奇-提奇骑在泰迪的肩膀上，来到走廊吃早餐。他们给了他香蕉和一些煮鸡蛋。他逐一坐坐家里所有人的大腿，因为每只从小受到良好教育的獴总是希望有朝一日能成为家獴，并拥有可以到处乱跑的房间。里奇-提奇的妈妈（她以前常住在塞戈利的将军家里）曾仔细地告诉过里奇-提奇，如果遇上白种人应做些什么。

随后，里奇-提奇来到屋外的花园中，打算看看有什么可看的东西。这是一座只有一半面积种了花草的大花园，其中有大如凉亭的尼尔元帅玫瑰花丛，有酸橙树和橘子树，还有成片的竹林，以及茂密的草丛。里奇-提奇舔了舔唇。"这是一处极好的猎场。"他说。一想到狩猎，他的尾巴便似瓶刷一般散开。他在花园里跑上跑下，这儿嗅嗅，那儿闻闻，直至他在荆棘丛中听到了十分哀伤的声音。

原来是长尾缝叶莺达尔泽和他的妻子。他们原先将两片大叶子拉到一起，用须根将其边缘缝合起来，做了一个漂亮的鸟巢，并在其中填上棉花和蓬松的绒毛。而现在，他们正坐在晃来晃去的鸟巢边上哭泣。

"发生什么事了?"里奇-提奇问。

"我们痛苦极了,"达尔泽说,"我们的一只宝宝昨天从鸟巢里掉了出来,被纳格吃掉了。"

"噢!"里奇-提奇说,"那可太令人伤心了——但我是新来的。谁是纳格?"

达尔泽和妻子没有回答,只是蜷缩回了巢中,因为灌木丛底端的厚草堆中传出了低沉的嘶嘶声——这冰冷骇人的声响让里奇-提奇往后蹦了整整两英尺。随后,纳格从草中一英寸一英寸地抬起头,伸展开颈部皮褶。这条硕大的黑色眼镜蛇,从舌头到尾巴有五英尺长。当他将自己三分之一的身体抬离地面时,他恰似风中平衡身躯的蒲公英绒花,停住来回平衡了一番。他用邪恶的蛇眼注视着里奇-提奇,不论蛇在想些什么,他的眼神从不会有一丝变化。

"谁是纳格?"他说,"我就是纳格。在大神梵天[1]睡觉时,第一条眼镜蛇伸展开他的颈部皮褶,为其遮挡阳光。自那之后,梵天便在我们所有族民身上留下了他的印记。看一

---

1 梵天,婆罗门教、印度教三主神之一,即创造之神。传说世界万物(包括神、人、魔鬼、灾难)皆由梵天创造,故称之为始祖。

看，可别害怕！"

他将颈部皮褶伸展得比以往更为宽大，里奇-提奇发现其背部的眼镜印记，恰似衣服上钩眼扣子的扣眼。里奇-提奇害怕了片刻，但作为一只獴，他不可能害怕很长时间，即使里奇-提奇以前从未见过一条活的眼镜蛇，他的妈妈还是给他喂过一点蛇肉的。他知道，对于一只成熟的獴来说，一生的任务便是斗蛇、吃蛇。纳格也知道这件事，他冰冷的内心深处感到了恐惧。

"好吧，"里奇-提奇说，他的尾巴开始再次抖开，"不论有没有印记，你觉得自己吃下掉出鸟巢的雏鸟，这件事做得对吗？"

纳格边在心里思索着，边留意里奇-提奇身后草丛中发出的微小动静。他知道，花园中有獴意味着，迟早有一天，死亡会降临在自己和家人的身上。但他还是想让里奇-提奇卸下防备，于是他微微垂下头，偏到了一边。

"让我们谈谈，"他说，"你吃蛋，我为什么不能吃鸟呢？"

"你的身后！看看你的身后！"达尔泽啼叫道。

里奇-提奇知道，最好不要浪费时间回头看。他尽己所能，高高地跳到空中，此时，纳格邪恶的妻子，纳盖娜的脑袋在他的身下嗖嗖地飞驰而过。趁他和纳格交谈之际，她匍匐在其身后，打算杀死他。当她的攻击失败后，里奇-提奇听到这条蛇发出凶狠的嘶嘶声。他蹲了下来，差点儿跨坐在她的背上。如果他是一只经验丰富的老獴，会知道这是一口咬断其背部的好时机，但由于他害怕眼镜蛇恐怖的抽打回击，只是短暂地咬了一下。他跳离扫动的蛇尾附近，任凭划伤的纳盖娜在原地冒怒火。

"真坏啊，邪恶的达尔泽！"纳格边说边尽可能高地抽打荆棘丛里的鸟巢。好在达尔泽将巢筑在蛇类无法触及的高度，他的鸟巢只是来回晃了晃。

里奇-提奇感到自己的眼睛变得又红又热（当獴的双眸变红，意味着他气极了），他像一只小袋鼠般，靠尾巴和后腿发力坐直了身板，并环视四周，狂怒地吱吱叫着。但此时，纳格和纳盖娜都已消失在草丛间。当一条蛇攻击失败时，他不仅什么话都不会说，也不会流露出任何关于下一步行动的迹象。里奇-提奇不想跟着他们，因为他没有把握，自己可以一次对付两条蛇。于是，他快步跑离花园，来到屋子附近的砾石小道上，坐下开始思考。对他而言，这是一件重大的事情。

如果你读过一些自然史方面的书，可能会在书上发现，如果獴在和蛇打斗时被咬伤，他会跑去吃一些能治愈自身的草药。这一说法并没有科学依据。实际上，打斗的胜利完全依赖于速度和敏捷性——獴凭借其惊人的反应能力和灵活性来对抗蛇的快速攻击。当蛇发起攻击时，没有一双眼睛可以跟上蛇头的移动速度，这种自然现象本身比任何传说中的草药更神奇。里奇-提奇知道他是一只年轻的獴，他一想到自己刚才设法躲开了背后的攻击，便感到尤为欣喜。这件事给了他自信，当泰迪顺着小道跑下来时，里奇-提奇做好了被其爱抚的准备。

但正当泰迪弯下腰时，一个东西在尘土里微微蠕动起来，一个微小的声音说："小心点，我可是死神！"他是卡莱特，一条选择躺在尘土里的土棕色小蛇。被他咬上一口，就和被眼镜蛇咬伤一样危险。但由于他实在太小了，没有人会注意他，也正因此，他对人们来说危害更大。

里奇-提奇的双眼再次变红，他用继承自家族的古怪动作，摇摆晃动着向卡莱特跳起了舞。虽然这套舞步看起来十分滑稽，但却能极好地保持身体平衡，让一只獴可以从任何角度随心所欲地飞离开来,成为对付蛇类的一大杀器。里奇-提奇不知道,他现在做的事情比和纳格搏斗更危险。因为卡莱特体形太小了,这条蛇可以极快地转身,除非里奇能咬住其靠近后脑勺的位置,否则卡莱特会回击他的眼睛或嘴唇。但这只獴并未意识到这一点,他双眼通红,前后摇晃,正在寻找一处好位置下嘴。卡莱特发起了攻击。里奇-提奇跳到一旁,打算进行近身搏斗,这个邪恶的小土灰色脑袋却急速猛冲,差一点儿就要撞上里奇-提奇的肩膀,于是他不得不跃过蛇身,而蛇头则紧贴他的脚后跟追了上来。

泰迪冲屋内大喊道:"噢,看看这儿!我们的獴正在杀一条蛇。"里奇-提奇听到了泰迪妈妈的尖叫声。泰迪爸爸拿着一根棍子跑了出来,但当他赶到时,卡莱特已冲出老远,里奇-提奇蹦了起来,跳到蛇的背上,将脑袋低垂到前腿中间,在他力所能及的范围内,尽可能高地咬住蛇背,并随即翻滚到一边。这一口使卡莱特陷入瘫痪。正当里奇-提奇准备按家族吃晚饭的习惯,从蛇尾开始进食时,他突然记起,饱餐一顿会放慢獴的速度,倘若他想保持体力充足、行动敏捷,就必须维持苗条的体形。

他走到一旁,在蓖麻丛下洗了个泥土澡,与此同时,泰迪爸爸在击打死掉的卡莱特。"这有什么用呢？"里奇-提奇想着，"我已经彻底解决这件事了。"随后，泰迪妈妈将里奇-提奇从泥土里拎了起来，一把抱住，哭着说他救了泰迪一命，而泰迪爸爸说他是上帝派来的守护者。泰迪瞪大了受惊的双眼，注视着眼前的一切。里奇-提奇觉得这种大惊小怪的场面还挺有趣，当然，他并不知晓其中的缘由。他还以为，如果泰迪也在泥土里玩上一番，他妈妈应该会同样爱抚他的。此时的里奇-提奇正在尽情享受，感到十分快乐。

那天晚餐时，里奇-提奇在桌上的酒杯间走来走去，他本来可以将三倍的好东西塞进肚里，但他想起了纳格和纳盖娜。虽然他能够坐在泰迪的肩膀上，享受泰迪妈妈的轻拍和爱抚，但他的眼睛还是会不时变红，并爆发出长长的喊杀声："里克-提克-提克-提克-奇克！"

泰迪把里奇-提奇带到床上，坚持让他睡在自己的下巴处。里奇-提奇非常有修养，既不会咬人，也不会抓人，但只要泰迪一睡着，他就会下床绕着屋子巡视。在一片黑暗中，他撞见了在墙角爬行的麝鼠楚纯德拉。楚纯德拉是一只心碎的小野兽，整晚都会抽泣，并发出吱吱的叫声，他尝试着跑到房间中央去，但一次都没成功。

"别杀我，"楚纯德拉边说边流泪，"里奇-提奇，别杀我！"

"你认为杀蛇的动物会杀麝鼠吗？"里奇-提奇轻蔑地说。

"那些杀了蛇的动物也会被蛇杀死。"楚纯德拉说，话语间流露出比以往更忧伤的情绪，"我怎么能肯定，纳格不会在某个漆黑的夜晚，将我错认成你？"

"不会有这种危险，"里奇-提奇说，"因为纳格待在花园里，我知道你不会去那儿。"

"我的表哥，老鼠楚阿，和我说……"楚纯德拉说着，却突然住嘴。

"和你说了什么？"

"嘘！纳格无处不在，里奇-提奇。你应该去花园里和楚阿聊一聊。"

"我没有和他聊过——所以你得告诉我。快点儿，楚纯德拉，不然我就咬你！"

楚纯德拉坐了下来，哭到眼泪从他的胡须上滚落。"我太可悲了，"他啜泣着说，"我从来没有足够的胆量走出墙角，来到房间中央。嘘！我什么都不能告诉你。你听不到吗，里奇-提奇？"

里奇-提奇侧耳倾听，屋子里静悄悄的，但他认为自己听到了世界上最微弱的刮擦声——微弱得犹如黄蜂在窗玻璃上移动——那是蛇鳞在砖墙上刮擦出的粗糙声响。

"那是纳格或纳盖娜，"他自言自语道，"他正在爬进浴室的水闸里。你说得对，楚纯德拉，我是应该和楚阿聊聊。"

他偷溜进泰迪的浴室，但那儿什么东西都没有，他又溜到泰迪妈妈的浴室。在光滑的灰泥墙墙角，一块砖被拆除，形成了一个排水口，用来排放浴缸里的水。里奇-提奇从放置浴缸的砖石围栏处溜了进来，听到纳格和纳盖娜正在月光下窃窃私语。

"当屋子没人后，"纳盖娜对她丈夫说，"他就不得不离开，到了那时，花园又会变成我们的天下。你悄悄地爬进去，要记着，先咬死那个杀了卡莱特的高大男子。然后你再出来找我，我们一起猎杀里奇-提奇。"

"但你确定，杀了这些人类有什么好处吗？"纳格说。

"好处可多了。如果屋子没人了，我们还会在花园里遇见獴吗？只要屋子里没了人，我们就是花园里的国王和王后。要记着,一旦我们放在瓜圃里的蛋孵化了(也许明天就孵化),我们的孩子就需要安静的空间活动。"

"我还没想到这件事,"纳格说,"我会去的,但之后我们没必要猎杀里奇-提奇。我会杀了那个高大男子和他的妻子,如果我还有余力,也会杀了他们的孩子,再悄悄离开。这样一来,屋子里就没人了,而里奇-提奇就会走。"

里奇-提奇听到这,又气又恨,他感到自己全身上下都在刺痛。随后,纳格的脑袋顺着水闸爬了过来,其后跟着他五英尺长的冰冷身躯。虽然里奇-提奇愤怒不已,但当他看到眼镜蛇的硕大体形时,还是不由得吃了一惊。纳格盘起身体,抬起脑袋,在黑暗中望向浴室,而里奇-提奇能看见这条蛇的眼睛在闪闪发光。

"现在,如果我在这儿杀了他,纳盖娜就会知道;如果我在开阔的地面上和他搏斗,情况会对他有利。我该怎么办呢?"里奇-提奇-塔维在思考。

纳格来回摇晃着,随后,里奇-提奇听到他正待在为浴缸注水的最大水罐边喝水。"不错,"这条蛇说,"当卡莱特被杀死时,那个高大男子手里有一根棍子。他可能还握着那根棍子,但当他早上进来洗澡时,手上不会有棍子。我就在这儿等他过来。纳盖娜——你听到了吗？——我会在这个凉快的房间里一直等到天亮。"

房间外没有传来任何回答，里奇-提奇便知道纳盖娜已经离开了。纳格自上而下，将自己一圈圈缠绕在水罐底部的凸起处，而里奇-提奇则像尸体一样静止不动。一小时后，这只獴开始一点点伸展肌肉，朝水罐移动。纳格睡着了，里奇-提奇看着他巨大的后背，思考哪一处位置才最利于下口。"如果我第一次跳时，没咬断他的背，"里奇-提奇想，"他就还能打斗。如果他打斗——噢，里奇-提奇！"他注视着纳格颈部皮褶下的粗脖，意识到自己无法咬穿；但如果在靠近纳格尾巴的位置咬上一口，只会让他变得凶猛。

"必须从脑袋下口，"里奇-提奇最终决定，"就是颈部皮褶上方的蛇脑袋。一旦我咬住了，绝对不能松口。"

随后，他一跃而出。离水罐稍远的蛇头正位于缠绕罐子的蛇身下方。当里奇-提奇的牙齿咬上蛇头时，他将背靠在红色陶罐的凸起处，好让自己压牢纳格的脑袋，从而争取到一秒的时间。他充分利用这一秒，像狗摇晃叼着的老鼠一般，来回撞击蛇身——在地板上前前后后、上上下下、绕着大圈地用力猛撞。他的双眼变得通红，嘴巴咬紧纳格的头，让其在地上像赶马车的鞭子般甩动。里奇-提奇打翻了锡质长柄勺、肥皂盘和洗澡刷,并砰的一声撞在浴缸的锡质侧壁上。由于他确信自己会被狠狠撞死,便将下颌越咬越紧,为了保住家族的荣誉,他宁愿尸体被发现时,牙齿还是锁紧的状态。他撞得头晕目眩、疼痛不已,感觉自己快被晃成碎片。突然,某种东西在里奇-提奇的身后发出了雷鸣般的巨响,一阵热风将其击昏,红红的火焰轻微烧焦了他的皮毛。高大男子被动静吵醒,将猎枪里的两发子弹都射进纳格的体内,恰好击中其颈部皮褶后的要害部位。

里奇-提奇还闭眼咬着蛇头,因为他很确定自己已经死了。蛇头已不再动弹,高大男子将他拎了起来说:"又是獴,爱丽丝。这个小家伙这次可是救了我们大家的命。"

随后,泰迪妈妈脸色惨白地走进来,看到了纳格的尸体。里奇-提奇拖着自己的身躯,回到泰迪的卧室。那天后半夜,他一直在轻轻摇晃身体,想看看自己是否真的像想象中那样,全身碎成了四十块。

第二天早上,他感到全身非常僵硬,但还是对自己所做之事十分满意。"现在,我还有纳盖娜需要对付,她可是比五个纳格加起来还要难搞,而且也不清楚她提到的蛋何时会孵化。老天爷！我必须去看看达尔泽。"他说。

里奇-提奇没等吃早饭，便跑到荆棘丛中。在那儿，达尔泽正高声吟唱着凯旋之歌。由于清洁工将纳格的尸体扔到垃圾堆上，他死亡的消息传遍了整座花园。

"噢，你这束蠢羽毛！"里奇-提奇生气地说，"现在是唱歌的时候吗？"

"纳格死了——死了——他死了！"达尔泽唱道，"英勇的里奇-提奇抓住了他的脑袋，并牢牢握紧。高大男子带来砰砰响的棍子，于是纳格倒地碎成两段！他再也不会吃我的宝宝了。"

"这些都是真的，但纳盖娜在哪儿？"里奇-提奇边说边仔细留意周围的动静。

"纳盖娜爬上浴室水闸，呼唤纳格。"达尔泽继续唱着，"挂在棍子底端的纳格出来了——清洁工把他挂在棍子底端，扔到垃圾堆上。让我们歌颂伟大的、红眼睛的里奇-提奇！"达尔泽放开嗓门，歌唱起来。

"我如果能爬上你的鸟巢，一定会把你的孩子们都丢出去！"里奇-提奇说，"你从来不知道要在正确的时间做正确的事。你待在上方的鸟巢里足够安全，但对于下方的我来说,这意味着一场战斗。停一分钟,暂时别唱了,达尔泽。"

"看在伟大的、美丽的里奇-提奇的分儿上,我会停下。"达尔泽说,"噢,杀死可怕的纳格的好汉,有什么事呀?"

"我第三次问你,纳盖娜在哪儿?"

"她正在马厩旁边的垃圾堆上哀悼纳格。长着白牙的里奇-提奇真伟大。"

"让我的白牙见鬼去吧!你有没有听说过,她把蛇蛋藏到哪儿去了?"

"放到离墙最近那一端的瓜圃里,那儿基本整天都能晒到太阳。几周前她就把蛋藏到那儿去了。"

"你从没想过将这件事告诉我吗?你说,是放在离墙最近的那一端?"

"里奇-提奇,你不会是准备去吃她的蛋吧?"

"并不是为了吃,根本不是这个原因。达尔泽,如果你有点见识的话,就该起身飞到马厩,假装你的翅膀断了,并引诱纳盖娜追着你来到这片荆棘丛中。我必须去瓜圃一趟,如果我现在去了,她就会看到我。"

达尔泽是个非常愚蠢的小家伙,脑袋里甚至不能一次装两件事。正因为他知道纳盖娜的孩子们和他家的宝宝一样,都是从蛋里孵出的,一开始他还觉得,倘若杀了这些蛇宝宝,是不公平的。但好在他的妻子是只懂事理的鸟,她知道,蛇蛋日后会孵化出小眼镜蛇。于是,她飞离鸟巢,留下达尔泽给宝宝们取暖,任凭他继续吟唱有关纳格之死的歌曲。达尔泽在某些方面很像人类男性。

她飞到垃圾堆旁的纳盖娜面前,拍着翅膀大声喊道:"噢,我的翅膀断了!屋子里的小男孩朝我扔了石头,打断了我的翅膀。"随后,她开始比以往更拼死地扑扇起翅膀。

纳盖娜抬起头,发出嘶嘶声:"当我就要杀死里奇-提奇时,你却提醒了他。说真的,你选了一个糟糕的地方来弄断翅膀。"她爬向达尔泽的妻子,在泥土中滑行起来。

"那个男孩用石头打断了我的翅膀!"达尔泽的妻子尖声叫道。

"好啊!在你死之前,还能知道我会找那个男孩算账,也算是一种慰藉。今早,我的丈夫躺在垃圾堆上,但在夜晚来临前,屋子里的小男孩将会一动不动地躺在地上。逃跑有什么用呢?我一定能抓住你,小傻瓜,看着我!"

达尔泽的妻子很清楚，倘若鸟望向蛇的眼睛，便会吓得动弹不得，她才不会按纳盖娜的话去做。达尔泽的妻子继续拍着翅膀，悲痛地尖声喊着，绝不离开地面，而纳盖娜则加快了她的步伐。

里奇-提奇听到她们正离开马厩，就走小径朝靠近墙边的瓜圃飞奔而去。在那儿，他发现有二十五颗蛇蛋，非常隐蔽地藏在瓜果上方的温暖褥草中。它们和矮脚鸡的蛋差不多大，但却没有蛋壳，而是覆盖了一层发白的膜。

"我来得真是时候。"他说，他能看到眼镜蛇宝宝们在蛋膜里蜷缩着身子。他知道，当他们孵化出来之后，其中任何一条都能杀死一个人或一只獴。他尽自己最快的速度咬掉蛇蛋顶部，小心翼翼地压碎小眼镜蛇们，并时不时翻转褥草以防遗漏。最终，只剩下了三颗蛇蛋。里奇-提奇开始咯咯笑起来，但此时他听到达尔泽的妻子尖声呼叫着："里奇-提奇，我把纳盖娜引到屋子那儿去了，她已经爬进走廊，然后——噢，快来——她打算杀人！"

里奇-提奇打碎了两颗蛋，嘴里叼着第三颗，向后一翻，离开了瓜圃。他迈开步子，尽自己所能拼命地朝走廊跑去。泰迪和他的父母正在那儿，刚开始吃早饭，但里奇-提奇发现他们并没有吃任何东西,而是脸色煞白,像石头一样静静地坐着。此时,纳盖娜正在泰迪椅子旁盘起身躯,轻而易举便能朝泰迪光滑的腿部发起攻击。她来回摇晃着,嘴里吟唱着凯旋之歌。

"杀了纳格的高大男子的儿子啊,"她发出嘶嘶声,"待着别动,我还没准备好,稍等一下。你们三个,都待着别动!如果你们敢动一下,我就发动攻击;如果你们不动,我也会出手。噢,愚蠢的人类,你们可是杀了我的纳格!"

泰迪的眼睛正盯着他的爸爸看,他爸爸唯一能做的便是低声说:"坐好别动,泰迪。你一点儿都不能动。泰迪,待着别动。"

随后,里奇-提奇现身喊道:"转过身来,纳盖娜。转过身来打一架!"

"一切来得都正是时候,"她视线保持不动,说着,"我一会儿就来和你算账。看看你的朋友们,里奇-提奇。他们一动不动,脸色煞白。他们感到害怕了。他们动都不敢动,如果你再靠近一步,我就发动攻击。"

"看看你的蛋,"里奇-提奇说,"在靠近墙边的瓜圃里,去那儿看看,纳盖娜!"

大蛇半转过身，发现了走廊上的蛇蛋。"啊，啊！把它给我。"她说。

里奇-提奇用前爪捧着这颗蛋，双眼变得血红，说："一颗蛇蛋值多少钱？一条小眼镜蛇值多少钱？一条小眼镜王蛇值多少钱？一窝蛋里的最后一颗——最后一颗蛇蛋值多少钱？蚂蚁们可是正在瓜圃里吃掉其他的蛋呢。"

纳盖娜将整个身子都转了过来，由于这颗蛋是仅存的一颗，她忘记了一切。里奇-提奇发现泰迪爸爸飞速伸出一只大手，一把抓过泰迪的肩膀，将他拖到放茶杯的小桌的另一侧，好让其离开纳盖娜的攻击范围，确保安全。

"被骗了！被骗了！被骗了！里奇-提克-提克！"里奇-提奇咯咯笑了起来，"男孩安全了，是我——我——我昨晚在浴室里咬住了纳格的颈部皮褶。"随后，他蹦跳起来，四脚腾空，脑袋紧贴地板。"他把我甩来甩去，却不能将我甩开。在高大男子把他轰成两半前，他就死掉了。是我干的！里奇-提奇-提克-提克！来吧，纳盖娜。过来和我打一架。你做寡妇的日子可不会久了。"

纳盖娜发现自己已经失去了杀死泰迪的机会，而蛇蛋还躺在里奇-提奇的爪子中间。"把蛋给我，里奇-提奇。把我的最后一颗蛋给我,然后我就会离开,不再回来。"她边说,边放低自己的颈部皮褶。

"是啊,你会离开,而且你也不会再回来,因为你会去垃圾堆里和纳格待在一块。来打一架吧,寡妇!高大男子去拿他的枪了!开打吧!"

里奇-提奇在纳盖娜的周围跳来跳去,一直待在她攻击不到的地方。他的小眼睛变得像热乎乎的煤块一样通红。纳盖娜聚拢身子,朝他飞扑而去,里奇-提奇向上一蹦,向后跳,躲开了她的攻击。她一次次出手攻击,每次头都会猛击在走廊的地板上,而她的身体则会像钟表里的弹簧般聚拢起来。随后,里奇-提奇绕着圈、跳着舞步来到她的背后。纳盖娜转过身,让她的脑袋与里奇-提奇的獴头保持相对,这样一来,她的尾巴在地板上发出的沙沙声,听起来如同风吹起枯叶的声响。

里奇-提奇已经将蛇蛋的事情抛之脑后。这颗蛋还躺在走廊上,纳盖娜一点点挪近它,最终,趁着里奇-提奇歇口气的工夫,她将其叼在嘴里,转身朝走廊的台阶,似箭一般顺着小径飞爬而下,里奇-提奇则一直跟在她的身后。当这条母眼镜蛇逃命时,她的速度快得堪比轻打马脖的鞭子。

里奇-提奇知道自己必须抓住她，不然所有的麻烦又会卷土重来。她径直朝荆棘丛旁的长草堆爬去，里奇-提奇奔跑时，还能听到达尔泽仍旧吟唱着那首愚蠢的凯旋小曲。但达尔泽的妻子要聪明许多，当纳盖娜出现时，她飞离鸟巢，在纳盖娜的头上拍打着翅膀。要是达尔泽也能来帮她一把，说不定他们还能让这条母蛇转过身来，但纳盖娜仅仅是低下了自己的颈部皮褶，继续往前爬。她耽误的片刻工夫却让里奇-提奇得以追上她。随着她一头扎进和纳格常住的老鼠洞中，这只獴的小白牙齿咬紧了她的尾巴，跟着她一道下到洞中——不论是多聪颖、多年长的獴，只有极少数愿意跟随眼镜蛇进入蛇洞。洞里一片漆黑，里奇-提奇根本不知道蛇洞何时会变得开阔，从而让纳盖娜有转身攻击他的空间。他依旧狠狠地咬住她不放，并在又热又湿的泥质深色斜坡上，伸出脚充当刹车。

随后，洞口处的草丛停止了摇晃，达尔泽说："里奇-提奇玩完了！我们必须为他唱死亡之歌。英勇的里奇-提奇死掉了！因为纳盖娜一定会在地下杀了他。"

于是他开始唱起一首自己即兴编出的、非常忧伤的歌曲，正当其唱到最感人的部分时，草丛再次抖动起来，一身污泥的里奇-提奇将自己的腿一条一条地从蛇洞里拽了出来，并舔了舔髭须。达尔泽停下嘴边的歌，轻轻叫了一声。里奇-提奇抖掉皮毛上的一些尘土，打了个喷嚏。"一切都结束了，"他说，"那个寡妇再也不会出来了。"生活在草茎中的红蚂蚁听到他的话，开始一只接一只地列队朝下行进，想去看看里奇-提奇的话是否属实。

里奇-提奇在草丛里蜷缩起身子，就地入睡——一直睡到下午很晚的时候才醒，因为他干了一整天苦活。

"现在，"当他醒来时说，"我会回到屋子那边。达尔泽，记得告诉铜匠鸟一声，他会告诉整座花园里的动物，纳盖娜已经死了。"

铜匠鸟是一只会发出恰似小锤子在铜锅上敲打的声音的鸟，他之所以总是发出这种声音，是因为他是印度每座花园里的公告传报员，会将所有的新闻资讯讲给每个愿意聆听的人。随着里奇-提奇走上小径，他听到铜匠鸟叫喊"注意"的鸣叫声，如同小开饭锣般传了开来，紧接着便持续响起"叮——咚——铛！纳格死了——咚！纳盖娜死了！叮——咚——铛！"这个消息让花园里所有的鸟儿唱起歌，所有的青蛙呱呱叫了起来，毕竟纳格和纳盖娜过去常以青蛙和鸟为食。

当里奇-提奇来到屋子时，泰迪和他妈妈（因为她之前晕倒了，现在脸色看起来仍十分苍白），以及他爸爸都走了出来，差点儿对着他大哭一场。那一晚，里奇-提奇吃光了给他的所有食物，一直吃到他再也吃不下。然后，他便待在泰迪的肩膀上，到床上睡觉。当泰迪妈妈深夜来看他们时，发现里奇-提奇还依旧睡在泰迪的肩上。

"他救了我们和泰迪的命，"她对丈夫说，"这样一想，他救了我们所有人的命。"

由于獴睡得很浅，里奇-提奇猛地醒了过来。

"噢，是你们，"他说，"你们在担心什么事呢？所有的眼镜蛇都死了。如果还有没死的家伙，还有我在这儿呢。"

里奇-提奇有权为自己感到骄傲。但他并没有因此变得过于得意，他恪守着獴的职责，用自己的牙齿，守护着花园，直到没有一条眼镜蛇敢在墙内探出脑袋。

达尔泽的颂歌

(以歌颂里奇-提奇-塔维)

我既是一位歌手,也是一位裁缝——
我懂得双倍的乐趣——
为我飞上天穹的轻快歌声而自豪,
为我缝制的房屋而自豪——
有起有落,我以这般方式编织着自己的音乐,
如同我上下穿线,缝制房屋。

再为你的雏鸟们歌唱吧,
妈妈,噢,抬起你的头!
折磨我们的恶魔已被杀死,
躺在花园里的尸体已经死透。
藏在玫瑰丛中的恐惧已无能为力——

他被丢在粪堆上,而且死透了!

谁解救了我们,是谁?
告诉我他的巢穴和姓名。
是英勇忠诚的里奇-提奇,
是有着似火般通红眼珠的提奇,
是有着似象牙般的尖牙、似火般通红眼珠的猎人
里奇-提奇-塔维!

向他致以鸟儿们的谢意,
舒展开尾羽,向他鞠躬!
用夜莺的言语称赞他——
不,还是让我来称赞他。
听啊!我会为你们歌唱一曲,称赞尾巴似瓶刷、眼珠通红的里奇-提奇!

(达尔泽唱到这儿,里奇-提奇打断了他,歌曲的剩余部分便失传了。)

大象们的图麦

我会记住我是谁,我厌倦了绳子和锁链——
我会记住昔日的力量与森林里的所有事情。
我不会为了一捆甘蔗,将自己的象背售卖给人类:
我会走出去,到自己的同类,以及兽穴中的林间伙伴的身旁。

我会走出去,一直走到白昼时分,一直走到破晓时分——
出去感受风儿无瑕的亲吻,感受流水洁净的爱抚;
我会忘记自己脚踝上的铁圈,咔嚓折断拴住我的尖木桩。
我会重访自己失去的爱人,以及无主的玩伴!

卡拉·纳格(意思是黑蛇),这头大象已经尽自己所能,在各方面为印度政府服务了四十七年。他刚被捕时,已经满二十岁,现在他已年近七旬——对于大象而言,这个年纪可谓高龄。他还记得,在1842年阿富汗战争[1]爆发前,他曾被要求在额头上顶着一块巨大的皮垫,推动一门深陷泥地的大炮。在当时,他的力量尚未长足。

他的母亲拉德哈·皮雅利——"宝贝拉德哈"——与卡拉·纳格在同一次围捕中被抓获。在卡拉·纳格的小乳牙掉落前,她曾告诉过他,畏惧的大象总会受伤。卡拉·纳格将这条忠告铭记在心,因为当他第一次看到炮弹爆炸时,便尖叫着往后退,躲进了一个堆着来复枪的台子里,身上所有的柔软部位都被刺刀刺痛。于是,他在二十五岁前变得不再害怕,也正因此,在为印度政府服务的大象中,他不仅最受人喜欢,也得到了最悉心的呵护。在北印度的行军途中,他曾扛过重达一千两百磅的帐篷。他还曾被一台蒸汽起重机吊到船上,一连数日横跨海域,前往一个远离印度、岩石嶙峋的陌生国度,在那儿,他被安排背扛一门迫击炮。此外,他还在马格达拉看到了死后倒在地上的西奥多皇帝[2]。随后,他

---

[1] 1838—1919年间英国入侵阿富汗,发动三次侵略战争。
[2] 西奥多皇帝,又称西奥多二世,于1855年加冕,成为埃塞俄比亚皇帝。他结束了埃塞俄比亚的百年内乱,重新统一了国家,并进行了多项富国强兵的改革。最终在与英国的交战中兵败自杀。

乘蒸汽轮船返回印度,据士兵们说,他坐的那艘船被授予埃塞俄比亚战争勋章。十年后,他看到自己的伙伴死于寒冷、癫痫、饥饿,在一处称为阿里·姆斯基德的地方他中过暑。后来,他被派往数千英里外的南方,在毛淡棉的贮木场中拖运、堆砌柚木大木料。在那儿,他差点杀死一头违抗命令、逃避自己分内工作的年轻大象。

在那之后,卡拉·纳格便被取消托运木材的工作,他和其他几十头受过专门训练的大象一道,协助捕获加罗山区的野象。大象受到印度政府的严格保护。在当地,甚至还有一整个政府部门,除搜捕、抓获、训练大象外,其他什么工作都不做,在需要大象工作时,这个部门会送他们前往各地。

卡拉·纳格站立时,肩膀离地足足有十英尺高,他的象牙被削短至五英尺长,并在底部箍上铜圈,以防开裂,但他能利用两根残牙做事,比未经训练、用天然尖象牙行动的大象做得更多。经过为期数周的谨慎驱赶,分散在山区内的四五十只野象终于被赶进了预定的栅栏中,用树干制成的大门在他们的身后重重地关闭。卡拉·纳格听从指示,走进那处火光熊熊、群象齐吼的混乱之地(通常是在夜晚,此时,火把摇曳的光亮会让象群难以判断距离),从中选出一头最魁梧、最野蛮的大象，在将其击倒后，强迫他安静下来。这时，骑在其他大象背上的人类会抽出绳子，捆扎拴牢个头较小的野象。

就打架而言，聪明的"老黑蛇"卡拉·纳格可谓无不精通，在他一生中，曾不止一次抵挡住受伤老虎的进攻。他会蜷缩起柔软的象鼻，以防受到伤害，然后，他会用自己独创的招式，用头部做一个似镰刀快砍的动作，在半空中将跳起的老虎撞到一旁。在撞倒对手后，他会将硕大的膝盖跪压在对方身上，直至对方在喘息和咆哮中死去。对于卡拉·纳格来说，这就是一个躺在地上的毛茸茸、长条纹的东西，仅有尾巴他会去拽一拽。

"是的，"赶象人大图麦说，他不仅是当年带卡拉·纳格前往埃塞俄比亚的黑图麦的儿子，还是原先看着卡拉·纳格被捕的大象们的图麦的孙子，"除我以外，黑蛇什么也不怕。他已经见证我们家三代人喂养、照料他，他会活到见证我们家的第四代人。"

"他也怕我。"小图麦说。这个小孩是大图麦的长子，已经十岁，站直时有四英尺高，身上只围了块布。依据当地习俗，在他长大后，会继任爸爸的职位，骑上卡拉·纳格的脖颈，接过沉甸甸的铁制驯象棒。这根棒子早已经过他的曾祖父、祖父和爸爸的手，被磨得光滑不已。

小图麦出生在卡拉·纳格的影子下，他能听懂卡拉·纳格说的话。他在能够走路前，就和卡拉·纳格的象鼻头玩在一起。他刚会走路时，便带着卡拉·纳格下到水里。那一天，当大图麦将自己棕皮肤的小宝宝放到卡拉·纳格的象牙下，告诉卡拉·纳格要向自己未来的主人行礼时，这头大象就未曾想过违抗小图麦尖声发出的指示，更没想过杀了他。

"是的，"小图麦说，"他也怕我。"他大步走向卡拉·纳格，将其唤为老肥猪，并命令他依次抬起自己的脚。

"哇！"小图麦说，"你是头硕大的象。"他照着自己爸爸的样子，晃着毛乎乎的脑袋说："政府也许会为大象出钱，但这些大象是属于我们赶象人的。卡拉·纳格，当你老了，会出现一位富有的拉甲[1]，他会按你的个头和表现计价，从政府的手上买走你。到那时，你就能不做任何事，只管在耳朵上挂上金耳环，在背部披上金象轿，再在身体两侧铺上缀有金子的红布，走在前面，担任国王仪仗队的领头者。

---

1 拉甲，指印度的酋长、王公或贵族。

噢，卡拉·纳格，到那时，我就会骑上你的脖颈，手持银制驯象棒，而跑在我们前头的人会握着金棍，喊着：'给国王的大象让道！'那可真好啊，卡拉·纳格，只不过这还是比不上在丛林中狩猎。"

"哼！"大图麦说，"你真是个像水牛犊一样野的男孩。在山区里跑上跑下可不算政府最好的工作。我已经老了，不喜欢野象。给我砖砌的大象营地吧，每头大象都能有一间象棚，大树墩可以稳稳地拴住他们，平坦宽阔的道路可以训练他们，而不是像现在这样，还得四处扎营。啊哈，考恩珀尔象营就不错。那附近不仅有集市，而且一天只用工作三个小时就够了。"

小图麦记得考恩珀尔象营，没有再说什么。其实他非常喜欢扎营的生活，讨厌那些宽阔平坦的道路。他不仅讨厌整天待在饲料仓库中翻找草料，还讨厌无事可干，只能花大把时间看拴在尖木桩上的卡拉·纳格晃来晃去。

小图麦喜欢做的事情包括：爬上只有大象才能走的马道，低头俯瞰身下的山谷，飞快一瞥数英里外吃草的野象，看着受惊的猪和孔雀在卡拉·纳格的身边疾驰。此外，他还喜欢朦胧的温暖雨水，在一片潮湿中，山丘和山谷弥漫开阵阵雾气，以及薄雾笼罩的美丽早晨，在那时，夜晚的露营地在迷雾中变得难以辨认。他喜欢用稳当、谨慎的方式驱赶野象，以及在最后一夜驱赶时的狂奔、火焰与喧嚣。那天夜里，野象们似山崩时倾泻的巨砾般涌进栅栏中，当察觉无法离开时，便撞向沉甸甸的柱子，却在呐喊声、燃烧的火把和空弹齐发的夹击下，被重新赶回去。

在那种情况下，即使是一个小男孩也能派上用场，而小图麦可以当三个男孩用。他挥动手中的火把，用力呼喊。但真正的好时机是将野象往外赶的时候。此时，科达，即栅栏，看起来犹如一幅描绘世界末日的图画。由于人们无法听到彼此的交谈声，他们不得不冲彼此打手势。随后，小图麦会爬上一根颤动的栅栏柱子顶端，被阳光晒淡的棕色头发在肩头披散开来，整个人在火把光芒的照耀下，看上去像一个小妖怪。紧接着，只要现场一平息下来，你就能听到他冲卡拉·纳格发出鼓舞的尖声呐喊。小图麦的声音大到能盖过象吼声、撞击声、绳子的噼啪声，以及被拴住的大象们发出的呻吟声。"继续啊，继续啊，黑蛇！用象牙给他一击！小心，小心！打他，打他！注意柱子！啊勒！啊嘞！嗨呀！呀哎！驾——啊——啊！"他会大喊起来，而卡拉·纳格会和野象在科达中来回大战，年长的捕象人则会抹掉眼睛上的汗水，冲在柱顶开心扭动着的小图麦点头。

除了扭动外，小图麦还会干许多事。一天夜里，他从柱子上滑下，溜进象群中，将一根因松动垂落的绳子一端扔给一位赶象人，这个人当时正试图套住一头肆意踢蹬的小象的腿（幼崽总是比成年动物更难对付）。当时，卡拉·纳格看见了小图麦，便用象鼻将其一把捉住，递上去交到大图麦的手中，大图麦二话没说，立马打了儿子一耳光，并将这小家伙送回到了柱子顶部。

第二天早上，大图麦斥责了儿子一顿，说："是待在砖砌的大象营地中，扛扛帐篷这项工作不够好吗？你这个小窝囊废，为什么非得凭自己兴起，去抓野象呢？现在，那些报酬比我少的愚蠢捕象人，已经和彼得森·萨希波讲起这件事了。"小图麦听完后，吓到不行。他对白种人了解不多，但对他而言，彼得森·萨希波可谓世界上最伟大的白种人。他是所有科达行动的领队——不仅为印度政府抓捕了所有大象，而且还比任何人都更了解大象的习性。

"会发生——发生什么事情呀？"小图麦说。

"什么事？最糟糕的事情都可能发生。彼得森·萨希波是个疯子。不然，为什么选他去追捕这些野生魔鬼呢？他说不定会让你去做一个捕象人，随地睡在满是热病的丛林中，最终在科达中被象群踩死。幸好，这件蠢事得以安全结束。捕象行动会在下周结束，我们这些来自平原地区的赶象人会被送回自己的驻地。然后，我们将行进在平坦的道路上，把这次的追捕行动忘个一干二净。不过，儿子，我很生气，你竟然管那些属于肮脏的阿萨姆丛林居民的闲事。卡拉·纳格除我以外，谁的命令都不会听，所以我必须和他一道进入科达中，但他是头战象，才不会帮忙用绳拴野象。所以我会安逸地坐着，这对赶象人来说是件好事——不仅仅是个捕象人——我说的是赶象人，是可以在服役结束时领取退职金的人。大象们的图麦一家难道要在科达的烂泥中，被野象们踩在脚下吗？坏东西！顽童！没用的儿子！去把卡拉·纳格洗干净，打理好他的耳朵，看看他的脚上有没有棘刺。不然的话，彼得森·萨希波肯定会抓住你，让你做一个野蛮的捕象人——尾随大象脚印的跟屁虫，一头丛林熊。呸！丢死人了！给我滚！"

小图麦一声不吭地离开了，他在给卡拉·纳格检查脚部时，对其倾诉了自己心里的委屈。"没关系，"小图麦边说边将卡拉·纳格硕大的右耳翻了过来,"他们把我的名字告诉了彼得森·萨希波,也许……也许……也许……谁知道呢?嗨!这可是我拔过的最大一根刺!"

在接下来的几天中,小图麦将大象们赶到一块儿,让新捕获的野象们夹在一对驯化的大象中间走,以防他们在下行至平原地区的途中惹出过多麻烦,此外,他还盘点了毯子、绳子,以及一些用坏或遗失在丛林里的东西。

彼得森·萨希波骑着他聪明的母象普德米妮走了过来。因为捕象季即将结束,他已经给山区里其他营地的赶象人付清了工钱。一位本地职员正坐在树下的桌旁,给赶象人发放报酬。每位赶象人领完钱后,便回到自己大象的背上,加入等待出发的队伍中。不论是捕手、猎手,还是打手,都是科达行动的固定佣工,会年复一年地待在丛林中。他们这时或坐在从属于彼得森·萨希波的常驻大象的背上,或抱枪倚靠在树上,取笑正准备离开的象夫们。这帮人一看到新抓的大象冲出队伍到处乱跑,就会哈哈大笑。

小图麦跟在大图麦的身后,走向了职员。领头追象人——玛楚阿·阿帕低声对他的朋友说:"至少来了块捕象的好料。真可惜啊,这个年轻的丛林公鸡就要被送去平原上换毛了。"

彼得森·萨希波可谓浑身上下都长满了耳朵，他能听到所有活物中最沉默的野象的动静。此时，一直躺在普德米妮背上的他转身说："说什么呢？我可听说，平原赶象人中，连用绳子拴住死象这样聪明的男人都不存在呢。"

"不是男人，是一个小男孩。在最后一次驱赶野象时，他进到科达中，朝巴尔茂扔了绳子。当时，我们正试图将这头肩上长红斑的小象拖离他妈妈身旁。"

玛楚阿·阿帕指了指小图麦，彼得森·萨希波顺着望去，发现这小家伙正在鞠躬。

"是他扔的绳子？他甚至比拴马桩还要矮小。小家伙，你叫什么名字？"彼得森·萨希波问。

小图麦吓惨了，一句话都说不出来。但卡拉·纳格待在他的身后，小图麦做了个手势，这头大象便用象鼻把他卷住，举到和普德米妮额头一般高的位置，面对着伟大的彼得森·萨希波。由于小图麦还是个小孩，他随后用手遮住了脸，毕竟除了有关大象的事情，他和其他小孩一样，显得十分羞怯。

"哦嚯！"彼得森·萨希波边说，边微笑着动了动胡须,"你为什么会教自己的大象玩这种把戏?是为了在晒玉米穗的时候,帮你从屋顶上偷青玉米?"

"不是青玉米,穷人的保护者,而是瓜。"小图麦说。听完他的话,坐在周围的所有人都大笑起来。他们中的大多数都曾在年幼时,教过自己的大象玩这种把戏。虽然小图麦此时正悬在离地八英尺高的空中,他却恨不得自己能钻进地下八英尺深的地方。

"他叫图麦,是我的儿子,萨希波。"大图麦边说边皱起了眉头,"他是个很坏的孩子,将会在监狱里度过余生,萨希波。"

"这话我就得怀疑了,"彼得森·萨希波说,"一个男孩小小年纪,就敢面对整个科达,他才不会迎来坐牢的结局。看啊,小家伙,这有四个安那,可供你买点甜食吃。在你这团浓密的乱发下面,可是长着一颗聪明的小脑袋。日后,你也会成为一名捕象人。"大图麦的眉头皱得比以往更厉害了。"不过,你要记得,孩子们不适合在科达里面玩耍。"彼得森·萨希波继续说。

"我永远都不能去那儿吗,萨希波?"小图麦大喘一口气,问道。

"是的，"彼得森·萨希波再次笑了起来，"得等你看过大象们跳舞了，才是合适的时机。当你看到大象们跳舞后，再来找我，到了那时，我就会让你踏进所有的科达中。"

又是一阵大笑，因为在捕象人中，这是个流传已久的玩笑话，意指永远不会发生的事。森林中藏着大片称为大象舞厅的空旷平坦之地，但即便是这些土地，也都只是偶然碰见，从来没有人亲眼看过大象跳舞。当一位赶象人吹嘘起自己的骑象技巧和无畏精神时，其他赶象人会说："你何时看过大象跳舞？"

卡拉·纳格将小图麦放了下来，这小家伙再次鞠躬，和爸爸一道离开，并将四个安那银币交到正在给小弟弟喂奶的妈妈手上。他们一家人都被放到卡拉·纳格的背上。咕噜咕噜、嘎吱嘎吱叫唤的大象们排列成行，沿着山路下行至平原地区。由于新入队的大象们会在每处浅滩闯祸，而且每隔一分钟还得安抚或管教他们，整场行进因此变得非常热闹。

由于大图麦十分生气，他恶意地捅了一下卡拉·纳格，小图麦却开心地连话都说不出来。彼得森·萨希波不仅注意到了他，而且还给了他钱，这种感觉就好比一名列兵被叫出队伍，接受司令官表扬。

"彼得森·萨希波提到的大象跳舞是什么意思呀？"最终，小图麦轻声地向他妈妈问道。

大图麦听到了他的话，咕哝了一声说："意思就是，你永远不会跟山区水牛一道追捕野象。这就是他的意思。噢，前面的人，是什么东西挡住路了？"

在两三头大象前面的阿萨姆族赶象人愤怒地转过身，喊道："把卡拉·纳格调上来，叫他撞一下我这头小象，好让这家伙表现好些。彼得森·萨希波为什么要让我和你们这些水稻田里的驴子一起下山？图麦，把你那头野兽赶到我旁边，让他用象牙捅一捅。我以山区里所有的神明起誓，这些新入队的大象都着了魔，不然就是他们能闻到丛林里同伴的气味。"卡拉·纳格撞了撞新入队大象的肋骨，灭了他的威风。这时，大图麦说："我们已经在最后一次抓捕行动中，扫荡过野象们活动的山区。这仅仅是因为你在驭象方面粗枝大叶。难道还得由我来维持整个行进队伍的秩序吗？"

"听听他说的！"另一位赶象人说，"我们已经扫荡过山区！嚯！嚯！你们这些平原地区的人，真是非常聪明。除了从未见过丛林的泥巴脑袋，其他所有人都知道，这些大象明白当下的捕象季已经结束。因此，所有野象们今晚将会……不过我为什么，要在你这头河龟身上浪费才智？"

"野象们会做什么？"小图麦喊了出来。

"噢呵，小家伙。你也在听吗？好吧，由于你的头脑还挺冷静，我就告诉你。这些大象会跳舞，你那个扫荡过所有大象活动山区的爸爸，可能有必要，今晚在他拴大象的木桩上多加一道链子。"

"讲什么呢？"大图麦说，"自我爸爸到我儿子这辈，我们家照料大象已经有四十年了，从没听说过大象跳舞这类蠢话。"

"是啊，住在小屋里的平原居民，只知道有关自家四壁的事。好吧，今晚就去掉你家大象的枷锁，看看会发生什么事。说到大象跳舞，我曾见过那个地方——哦哟哇！迪汉河拐了多少道弯？这儿是另一处浅滩，我们必须让小象们游过去。你们后面的人，停下别动。"

他们以这种方式，边聊着天，边争论着，边溅起水花，顺利过河。他们首段行程的目的地，是一处供新入队大象活动的营地。但还没等他们走到那儿，这群大象就发起了脾气。

随后，大象们的后腿被链条拴在了大木桩上，新入队的大象们还额外被绑上了更多的绳子，而在他们面前摆放着成堆的饲料。山区赶象人穿过午后的阳光，回到了彼得森·萨希波的身边，并嘱咐平原赶象人晚上要格外小心。但当平原赶象人问起原因时，这些山区赶象人都放声大笑起来。

小图麦负责照看卡拉·纳格吃晚餐。当夜幕降临时，他露出难以言喻的喜悦神色，在营地里四处走动，想找一只手鼓敲敲。当一个印度小孩心满意足时，他不会到处乱跑或随意制造噪声，而是会一个人坐下，以某种方式纵情狂欢。小图麦和彼得森·萨希波说上话了！要是他没找到自己想要的东西，我真怕他因此病倒。营地里的甜食贩子借给他一个小小的手鼓。当星星们开始出现在夜空中时，小图麦在卡拉·纳格的面前盘腿坐下，把手鼓放在大腿上，随后他便开始砰砰地击打起来。他独自坐在大象饲料的中间，越想到自己收获的巨大荣誉，就越大力地打鼓。虽然一通打下来，既没有旋律可哼，也没有歌词可唱，但他还是感到了满满的喜悦。

新入队的大象们使劲拽着绳子，不时发出一声声尖叫和象吼。他能听到自己的妈妈正在营地里的小屋中，唱着一首古老的歌谣哄小弟弟入睡。这是一首很能安抚人心的摇篮曲，讲的是大神湿婆[1]曾告诉所有动物应该吃什么，它的第一段主歌是这么唱的：

> 倾泻丰收之雨、刮起吹拂之风的湿婆啊，
> 在很久之前的某一天，坐在门口，
> 逐人分发各自应得的份额，
> 包括食物、劳作与命运，
> 上至宝座上的国王，下至大门口的乞丐。
> 由他——保护神湿婆决定一切。
> 玛哈德奥！玛哈德奥！他会决定一切——
> 骆驼要吃长刺的植物，母牛要吃饲料，
> 而妈妈的心则挂念着困倦的小脑袋，
> 噢，我的小儿子！

在每段主歌结尾，小图麦会开心地轻拍起手鼓，加上一段哒哒的声响。他一直打到涌现睡意，然后舒展四肢，躺在

---
1 湿婆，婆罗门教、印度教三主神之一的毁灭之神。传说具有极大的降魔能力，额上第三只眼的神火能烧毁一切。

了卡拉·纳格身旁的饲料堆上。最终，大象们开始按习惯，依次躺下，只剩队伍右侧的卡拉·纳格还站着，他慢慢地左右摇晃，向前伸出耳朵，倾听以极缓速度拂过山间的夜风。空气中充斥着夜晚的噪声，各种声音汇聚成一片浩大的宁静——竹子互相碰撞发出的咔嗒声、地下某种生物发出的沙沙声、半醒的鸟儿发出的挠搔声与刺耳叫声（实际上，鸟类在夜晚醒来的次数比我们想象中要多），还有极远处瀑布发出的哗哗流水声。小图麦睡了一会儿，当他醒来时，皎洁的月光洒落四方，明亮极了。卡拉·纳格仍竖着耳朵，静静地站着。小图麦转过身，弄得饲料堆窸窣作响。他注视着这头大象的背影，魁梧的背部曲线遮住了夜空的半数星光，渐渐地，他听到很远处传来一声野象的"呼——嘟"声。不过，由于声音源头离他们相距甚远，即便这声象鸣在一片寂静中响起，也比夜风刺穿针眼的声音大不了多少。

队伍中所有的大象好似被子弹击中一般，全都跳了起来。最终，他们发出的咕噜声吵醒了酣睡的赶象人。他们从屋里走了出来，用硕大的头锤敲牢木桩，拴紧绳子打好结后，一切才安静下来。一头新入队的大象差点儿连根拔起束缚他的木桩，见状，大图麦便将卡拉·纳格的腿链拆下，用它把这头大象的前后脚铐在一起。他在卡拉·纳格的腿上只套了一圈草绳,并叮嘱他要记得自己已被拴牢。大图麦知道,他的祖父、父亲,以及他自己都曾做过上百次同样的事。以往,卡拉·纳格都会发出咯咯声,以示回应,今天他却一反常态,什么反应都没有。他只是静静地站着,微抬起头,将耳朵似扇子般舒展开来,透过月光眺望连绵起伏的加罗山区。

"如果他在夜里不安分的话,记得看管好他。"大图麦对小图麦说,随后他便回到小屋中继续睡觉了。小图麦正准备睡觉时,听到啪的一声轻响,原来是椰子壳纤维编的草绳绷断了。卡拉·纳格缓缓地抽身离开木桩,他安安静静,犹如一朵从山谷口滚落的云。小图麦打着赤脚轻声跟在这头大象身后,他顺着月光照亮的道路一路而下,低声呼唤着:"卡拉·纳格!卡拉·纳格!带上我,噢,卡拉·纳格!"大象转过身,一声不吭地在月光下走了三大步,回到男孩身旁。卡拉·纳格放下自己的鼻子,卷起小图麦放到自己的脖子上,还没等小图麦放好自己的膝盖,这头大象就跑进了森林。

突然间,大象的队伍中爆发出一阵狂怒的吼叫,但随后一切又重归平静。此时，卡拉·纳格开始往前走。有时，一簇高高的草会似冲刷船舷的波浪般，扫过他的身体两侧；有时，一串野胡椒藤会刮过他的背部，或是一根竹子会碰到他的肩膀，发出嘎吱嘎吱的声响。但除却这些情况，他在行进途中，绝对没弄出一星半点儿的动静。卡拉·纳格似烟雾般飘移在层层叠叠的加罗森林中，并朝着山上走去。即使小图麦能够透过树木的缝隙注视星空，他还是无法判断出这头大象前进的方向。

随后，卡拉·纳格抵达坡顶休息了片刻。小图麦发现，月光下绵延数英里的树冠全都闪着斑驳的光亮，似毛皮般柔软，而蓝白色的薄雾则笼罩着山谷间的河流。小图麦向前探出身子，注视着四周，他感到身下的森林醒了过来——拥有了勃勃的生机，密密麻麻的生灵分布其中。一只硕大的棕色食果蝙蝠拂过他的耳旁；豪猪的尖刺在灌木丛中咔嚓作响；他还能在树干相接的阴影处，听到猪獾在潮湿温暖的泥土中用力刨土，边刨还边动动鼻子，嗅了起来。

接着，小图麦头顶上方的树枝再次合拢，卡拉·纳格开始下行至山谷中——这次他的步子可不轻，而是像一支走火的枪炮般，向下朝陡峭的河岸猛烈开火——一顿猛攻，直击底部。这头大象硕大的四肢如活塞般平稳移动,每迈一大步,都有八英尺长,其肘关节处的褶皮也一道沙沙作响。卡拉·纳格身旁两侧的矮树丛被拨开,发出撕扯帆布般的噪声。他用肩膀将小树推到左右两侧后,这些树木又反弹回来,重重地打在他的肋部。当他来回晃头,为自己扫出一条前进道路时,大串大串的攀缘植物爬藤全都缠绕在一起,挂在了他的象牙上。小图麦俯下身子,紧贴着卡拉·纳格巨大的象脖,以防摆荡的大树枝将他扫到地上。他真希望自己能回到营地。

草地开始变得又湿润又松软,卡拉·纳格的脚往里一踏,便陷了下去,发出嘎吱嘎吱的响声。山谷底部弥漫的夜雾冻得小图麦打哆嗦。水花飞溅声、脚步踩踏声,以及潺潺流水的倾泻声交织响起。卡拉·纳格大步穿过河床,每跨一步都在摸索前行的方向。小图麦能够在河流的上下游听到更多的溅水声,以及夹杂其中的象吼声,音量之高甚至盖过卡拉·纳格腿边旋动的淙淙流水声——响亮的咕哝声、怒气冲冲的喷鼻息声。薄雾围绕在小图麦的四周,其中似乎布满了翻滚起伏的身影。

"哎!"他半喊着,牙齿打战,"大象们今晚都外出了。这么说,他们会跳舞!"

卡拉·纳格"哗"的一声从水里抽身而出,待喷尽鼻中的水后,再次爬起了坡。但这次他不再孤单,而且也不需要自己开路。在他的面前出现了一条六英尺宽的路,路面上被压弯的丛林草叶正尝试挺直身板,站立而起,可见几分钟前一定有许多大象路过此处。小图麦向后看了看,发现一头长着獠牙的巨型野象刚从雾气缭绕的河流中起身,此刻正待在他的身后,一双小象眼似炽热的煤块般,发出红通通的光芒。随后,树木再次合拢,大象们边吼着边撞击彼此,继续踏上了爬坡之路,树枝折断的阵阵声响在他们四周响了起来。

最终,卡拉·纳格抵达山顶,安静地站在两根树桩中间。一块面积三四英亩[1]的不规则空地被一圈树木包围在内,卡拉·纳格身旁的两棵树也是其中一部分。小图麦看得出地面早已被踩得如砖地般坚实。虽然有几棵树长在空地中央,但它们的树皮已被磨掉,露出的雪白木头在斑斑点点的月光下熠熠生辉,显得格外光滑。高处的树枝垂下攀缘植物,上面绽放的钟状花朵,以及像蜡一样光滑、大朵的白色旋花,

---

[1] 英亩,英美制地积单位。1英亩≈4046.86平方米。

在熟睡中倒垂而下。但一片绿叶都没出现在这块空地中——除了被踩踏过的地面,什么东西都没有。

月光将铁灰的色泽倾泻于整片空地,几头大象站立的地方,他们的影子如墨般漆黑。小图麦屏息凝望,眼睛都快从眼眶里瞪出来了。就在他凝望之际,越来越多的大象从树干中摇晃走出,来到了空地上。由于小图麦只会数到十,他将手指掰了又掰,数到后面早就忘了自己将两只手数过几次,脑袋都开始发晕。他还能听到空地外的矮树丛中传来哗啦哗啦的响声,一些大象正在扫清路障,努力爬上山坡。但当他们踏入树木的包围圈后,就会似幽灵般移动起来。

其中有长着雪白象牙的野生公象,树叶、坚果和细枝落进他们脖颈的皮褶中,还有耳部的褶裥内;有行动迟缓、肥胖的母象,只有三四英尺高的小象在她们的肚子下方奔跑,这些小家伙粉中透黑,精力旺盛,一刻都停不下来;有刚冒出象牙,并对此无比自豪的年轻大象;有又瘦又高、皮包骨头的老母象,她们凹陷的脸庞流露出不安的神色,象鼻犹如粗糙的树皮;有野蛮的老公象,他们从肩膀到肋下布满了过去战斗时留下的又长又大的抽痕和划痕,他们独自洗泥巴浴时留下的泥块,此时正从肩上掉落;此外,还有一头断牙的大象，身子一侧有可怕的划痕，那是老虎用爪子抓出来的。

这些大象或头对头地站立着，或成双成对在空地上走来走去，或自己慢悠悠地摇晃着身体——总共加起来有好几十头。

小图麦知道，只要自己乖乖地待在卡拉·纳格的脖子上，就不会出任何事。毕竟，即使是在仓促、混乱的科达围赶行动中，也不会有一头野象抬起鼻子，从驯养的大象脖子上拽下一个人。而且今晚这些大象也不会考虑人类的事情。当他们听到森林里传来的腿链碰撞声时，全都开始动了起来，并朝前竖起耳朵保持警惕。所幸的是，来者是彼得森·萨希波的宝贝大象普德米妮。她正挂着折断的链子，咕哝地抽着鼻子爬上山坡。毫无疑问，她挣脱了拴住自己的木桩，径直从彼得森·萨希波的营地中走来。除她以外，小图麦还看到了另一头他没见过的大象。这头大象的背上和胸前留有数道深深的绳印。想必他也同普德米妮一样，是从附近山区里的某处营地跑出来的。

最终，森林里不再响起大象们走动的声音，卡拉·纳格从他所在的树间摇晃着走出来，走到象群中央，发出了咯咯咕咕的声音。随后，所有的大象开始按各自的语言交谈起来，并四处走动。

小图麦依旧趴在卡拉·纳格的身上,他往下望了望,看到好几十个宽阔的后背、摆动的象耳、甩动的象鼻与转动的小眼睛。他的耳边响起象牙偶然交叉相碰时发出的咔嗒声,象鼻扭在一起时发出的沙沙声,象群那硕大的身体和肩膀的摩擦声,巨大的尾巴不断发出的啪嗒声、嘶嘶声。一朵云飘浮而来,遮住月亮的光辉,使得小图麦得以在黑暗中坐起来,但他周围依然传来轻柔持续的推搡声、挤动声和咯咯声。他知道,卡拉·纳格的身边围满了大象,自己已没有机会退出他们的集会。于是小图麦咬紧牙关,打起了寒战。原先在科达中,至少还有火把和人们的呐喊声陪伴他,但在这儿,他只能独自身处黑暗中。突然,一只象鼻举了起来碰到了他的膝盖。

然后,一头大象吼叫起来,其余大象也纷纷效仿,吼了五到十秒钟,骇人极了。露珠从树枝上洒落而下,似落雨般飞溅在暗夜的象背上。沉闷的轰隆声开始响起,起初音量并不大,小图麦甚至分辨不出是何种声音。但随后,声音变得愈发响亮,卡拉·纳格抬起一只前足,紧接着抬起另一只,并将它们齐齐落到地面——一二、一二,他抬脚的动作如杵锤般平稳持续。此时,所有大象一道跺起了脚,听起来犹如洞穴口敲响的战鼓。露珠从树上悉数落下，直至一滴不剩。低沉的隆隆声还在继续响着，地面轻晃并颤抖起来。小图麦抬起手盖住耳朵，试图隔绝这一声响。但一阵巨大的震动却贯穿他的身体——上百只沉重的象足在赤裸的地面上齐齐跺脚。有一两次，他甚至感到卡拉·纳格和其余大象们一道朝前冲了好几大步，随后，重击声转变为一种捣碎多汁绿色植物时发出的碾压声，但一两分钟后，象足踏在坚实土地上的隆隆声又再次响起。在小图麦附近，一棵树正嘎吱作响。他伸手摸了摸树皮，卡拉·纳格却往前移动起来，并保持着跺脚的动作，使得小图麦无法分辨出自己所处的位置。大象们都沉默不语，除两三头小象齐声吱吱叫唤外。随后，小图麦的耳中传入一阵重击声与拖脚行走声，而低沉的隆隆声也在继续响着。这般动静应该持续了整整两小时，小图麦感到自己每根神经都绷得发痛，他从夜风的气味嗅出来天即将亮起。

翠绿的山峦后方，映照着一片淡黄色的清晨光芒，第一缕阳光升起，仿佛天降的指令般，让象群的隆隆声戛然而止。没等小图麦赶走脑袋里的嗡嗡声，也没来得及改变自己的姿势，大象们便消失了，只剩卡拉·纳格、普德米妮，以及那头身上有绳印的大象还留在原地。顺着山坡一路向下望去，路上既没有留下任何记号，也没有传出任何沙沙声或耳语声，一点儿都看不出其他大象去往了何方。

小图麦瞪大眼睛，一遍又一遍地看着。过了一夜，这片林中空地的面积比他记忆中扩大了不少。更多的树木出现在空地，但四周的丛林草木都往后退了一些。小图麦再次瞪大眼睛观察起来，此刻，他明白了象群踩踏的含义。大象们踩出了更多的空间——他们将厚厚的草木和多汁的藤茎踏成残渣，将残渣踏成碎片，将碎片踏成小小的纤维，并将纤维踏成坚实的土地。

"哇！"小图麦说，他的眼皮变得十分沉重，"我的主子，卡拉·纳格，让我们和普德米妮一道前往彼得森·萨希波的营地吧，不然我会从你的脖子上掉下来。"

在场的第三头大象注视着他们离去，他喷了喷鼻息，转了个圈，踏上了自己的道路。这头大象也许从属于五六十或一百英里开外的某个小土邦王的编制。

两个小时后，当彼得森·萨希波还在吃早饭时，他那群昨晚被捆了双层链条的大象开始吼叫起来。肩膀以下沾满污泥的普德米妮和脚痛不已的卡拉·纳格，一道蹒跚着回到营地。虽然小图麦脸庞发灰，憔悴不已，头发沾满叶片，并被露水浇透，但他还是努力朝彼得森·萨希波敬了个礼，并用微弱的音量囔道："跳舞——大象们跳舞了！我看到了，然后——我要死了！"卡拉·纳格刚一坐下，小图麦便从他的脖子上滑下，整个人晕了过去。

由于当地孩子对什么都不会紧张，两个小时后，小图麦就心满意足地躺在彼得森·萨希波的吊床上，头枕着他狩猎时穿的外套。这小家伙已经喝下一杯热牛奶、一点儿白兰地酒，以及少许奎宁[1]。他的跟前坐了三排毛发浓密、带着伤疤的丛林老猎手，他们犹如注视精灵般凝视着小图麦。小图麦用孩子的口吻，简短地讲述了自己的故事，并在结尾处说：

"如果认为我刚才讲的有一句假话，你们可以派人去看看，他们会发现，大象们已经在他们的舞场里踩出了更多的空间。而且，他们还会发现，十条加十条，许多个十条小路通往大象们的舞场。这群大象用脚造出了更多的空间。我看到了，卡拉·纳格带我到那儿看到了。而且，卡拉·纳格的腿也累坏了！"

---

[1] 奎宁，又名金鸡纳霜，能防治各种疟疾，但愈后容易复发。

小图麦又躺了下去，整整睡了一下午，直至黄昏。在他酣睡之际，彼得森·萨希波和玛楚阿·阿帕沿着两头大象的足迹，在山里穿行了十五英里。彼得森·萨希波抓象抓了十八年，在这之前，他仅有一次见过这样一个大象跳舞的场地。玛楚阿·阿帕无须再多看空地一眼，也无须用脚趾挠挠夯实的土壤，就知道此地曾发生过什么。

"那孩子说的是真的，"玛楚阿·阿帕说，"这些都是昨晚做的，我数了一下，有七十条渡河的路。看，萨希波，那棵树的树皮划开的口子，正是普德米妮的腿链留下的痕迹！确实，她也来过这儿。"

他们上下打量着彼此，感到疑惑不已。毕竟对于人类而言，不论是黑人还是白人，凭他们的智慧，无法理解大象们的行为。

"四十五年了，"玛楚阿·阿帕说，"我跟着自己的大象主子整整四十五年了，但从未听说，有哪个小孩见过这孩子见过的景象。以所有的山神起誓，这件事——我们能说些什么呢？"随即，他摇了摇头。

他们回到营地时，已是晚饭时间。彼得森·萨希波独自在自己的帐篷里吃饭，但他下了指示，吩咐营地里准备两头羊、一些禽肉，并配上双倍面粉、米饭、盐。他决定，在营地里举办一场宴会。

大图麦急匆匆地从平原上的营地赶来寻找自己的儿子和大象，但他找到后，凝望他们的眼神中流露出畏惧的神色。在被拴在木桩上的大象的面前，一场宴会正在熊熊的营火旁举行，而小图麦则是全场的中心人物。不论是魁梧的棕皮肤捕象人，还是追象人、赶象人、绑象人，抑或知晓制服最狂野大象秘诀的人，都在依次传递着小图麦。他们把刚杀的丛林公鸡的胸脯血涂在他的额头，以示其丛林居民的身份，这意味着他已被所有丛林接纳，可以在其中自由活动。

最终，当营火熄灭后，木材发出的通红火光使大象们看上去像浸过血一般。玛楚阿·阿帕，所有科达行动中驭手的领队；玛楚阿·阿帕，堪比彼得森·萨希波的分身，四十年间从未见过一条踏出来的道路的人；玛楚阿·阿帕，伟大到被人们仅用本名称呼的男子——跳了起来，他把小图麦高高地举过头顶，大喊道："听着，我的兄弟们。还有你们，那儿一排排的大象主子们，也都听着，我，玛楚阿·阿帕，正在讲话！这小家伙将不再叫作小图麦，他将改名为大象们的图麦。在他之前，他的曾祖父也被这么叫过。昨晚，他整夜都在目睹人们从未见过的景象。象群和丛林神明的宠爱都与他同在。他将成为一名伟大的捕象人。他将比我，甚至是比伟大的玛楚阿·阿帕，还要伟大！他将用明亮的双眼追寻新路、旧路，抑或新旧交织的路！当他在科达中，跑到那些长牙野兽的肚子下方，准备用绳子绑他们时，他将不受任何伤害；如果他滑倒在猛冲的公象脚下，公象将知晓他的身份，不会压伤他。哎嗨！我被绑着铁链的主子们啊！"说着，他在成排拴象木桩前转了个身，"这位就是躲在你们的秘密之地，看过象群舞蹈的小家伙——他可是看到了人们从未见过的景象！给他荣耀吧，我的主子们！给他行额手礼，我的孩子们！向大象们的图麦敬礼！甘加·普尔沙德，啊哈地叫起来！吉拉·古基、比尔琪·古基、库塔尔·古基，也给我啊哈地叫起来！普德米妮，你都在跳舞时见过他了，还有你，卡拉·纳格，象群中的珍珠！都给我啊哈地叫起来！一起叫起来！向大象的图麦致敬，开始！"

随着玛楚阿·阿帕的最后一声狂喊，整排大象都甩起了鼻，他们的鼻尖碰到前额，行科达的额手礼，爆发出热烈的欢呼——响彻云天的象吼，可都是印度总督才能享受的待遇。

但如今，这一切都是为了小图麦，他看到了人们原先从未见过的景象——他独自身处加罗山区的中心地带，看到大象们在夜晚翩翩起舞！

湿婆与蚱蜢

(小图麦的妈妈唱给宝宝的歌)

倾泻丰收之雨、刮起吹拂之风的湿婆啊,
在很久之前的某一天,坐在门口,
逐人分发各自应得的份额,
包括食物、劳作与命运,
上至宝座上的国王,下至大门口的乞丐。
由他——保护神湿婆决定一切。
玛哈德奥!玛哈德奥!他会决定一切——
骆驼要吃长刺的植物,母牛要吃饲料,
而妈妈的心则挂念着困倦的小脑袋,
噢,我的小儿子!

他会把小麦分给富人,把小米分给穷人,

把残羹剩饭分给挨家挨户乞讨的圣人；

他会把争斗分给老虎，把腐肉分给鸢鸟，

把碎肉和骨头分给夜晚无处可归的坏狼们。

在他看来，万事万物皆平等，不分孰高孰低——

神妃帕尔瓦蒂待在他的身旁，注视世间万物来来往往；

她想骗骗自己的丈夫，冲湿婆开一个玩笑——

她偷了一只小蚱蜢，将其藏进自己的胸口。

于是她欺骗了他，欺骗了保护神湿婆。

玛哈德奥！玛哈德奥！转过身，看一看。

骆驼们个子高大，母牛们身体沉重，

但这只小蚱蜢是小东西中个头最小的，

噢，我的小儿子！

当分发完毕后，她笑着说：

"主人，在世上百万张口中，还有谁没有分到食物？"

湿婆笑着答道："世间万物都得到了各自应得的份额，

即使是躲在你心口下的小家伙，也不例外。"

小偷帕尔瓦蒂从胸口捉出蚱蜢，

发现小东西中个头最小的家伙在啃一片新长出的叶子!
她看着,感到又害怕又诧异,便向湿婆祈祷,
他确实给世间万物都派发了食物。
由他——保护神湿婆决定一切。
玛哈德奥!玛哈德奥!他会决定一切——
骆驼要吃长刺的植物,母牛要吃饲料,
而妈妈的心则挂念着困倦的小脑袋,
噢,我的小儿子!

女王陛下的仆人们

你可以通过分数或简单的三分律算出它,

但特威德尔德姆的方法却和特威德尔迪截然不同[1]。

你可以拧它,你可以转它,你可以把它编成辫,直至停手,

但波尔温的方法和温尔波截然不同[2]!

大雨已经下了整整一个月——雨水滴落在营地内,三万名士兵,上千头骆驼、大象、马匹、阉牛和骡子全都聚集在一处名为拉瓦尔品第的地方,准备迎接印度总督的检阅。他正在接待阿富汗埃米尔[3]的来访——这可是位来自野蛮国家

---

[1] 特威德尔德姆和特威德尔迪是童话故事《爱丽丝镜中奇遇记》中的一对孪生兄弟。
[2] 波尔温和温尔波是作者本人在诗集《七海·班卓琴》中创造的人物。
[3] 埃米尔,某些伊斯兰国家的酋长、王公、统帅的称号,或穆罕默德子孙的尊称,或某些土耳其官员的称号。

的野蛮君主。随同他到访的是一支原先从未见过营地或机车的八百人马护卫队——他们都来自中亚地区。每天晚上,一定会有一群马挣断后脚的绳索,在黑暗中穿过泥地到营地里乱窜。不然,就是骆驼们挣脱束缚,到处乱跑,绊倒在帐篷的绳子上。你可以想象一下,这一切对于尝试入睡的人而言,会是多么荒唐。由于我的帐篷离骆驼营地很远,我本以为会是个安全的地方。但一天夜里,一个男子突然探进头,大声喊道:"出来,快点儿!他们来了!我的帐篷已经完蛋了!"

我知道他口中的"他们"指的是谁,于是我穿上靴子,披好雨衣,冲进了帐篷外的烂泥中。我的猎狐犬小维科森,从帐篷的另一端跑了出来。随后,一阵夹杂着咆哮声、咕哝声和水泡翻滚的声音响起,我眼睁睁看着自己帐篷的支撑柱咔嚓折断,整个篷子塌陷下去,像发疯的幽灵。这一切的罪魁祸首,正是一头踉踉跄跄撞进我帐篷中的骆驼。此时的我虽然全身淋湿,气愤不已,但还是忍不住大笑起来。接着,我便拔腿开跑,因为我并不清楚究竟有多少只骆驼挣脱了绳索,没过多久,我便跑出营地的视野可及处,在泥地中开辟了一条前进道路。

当我在一门大炮的尾部摔了一跤,才发现自己跑到了炮兵营附近的某个地方，炮兵们晚上会在这儿堆放加农炮。由于我不想在下着毛毛雨的夜晚四处跋涉，便将雨衣搭在一门大炮的炮口上，用找到的两三根枪炮推弹条搭了个简陋棚屋。我躺在另一门大炮的尾部，想着维科森会跑到何处，而自己又身处何方。

就在我准备睡觉时，挽具响起的叮当声和一阵咕哝声传入耳畔，原来是一头骡子抖着他湿漉漉的耳朵，经过了我的身旁。我听到他鞍垫上的皮带、铁环、链条和其他零碎玩意儿碰撞在一起，咯咯作响，便知道他应该从属于一支螺式炮炮兵连。螺式炮是一种分成两块的微型加农炮，当需要使用时，便可将两块炮件拧到一起。这种炮可以被带上山，只要是骡子能找到路的地方都能使用，也正因此，这种炮能够在多岩石国家的战争中发挥极大作用。

一头骆驼跟在骡子身后，他柔软的大脚在泥地里嘎吱作响地打滑，他的脖子像走失的母鸡般来回摆动。幸运的是，我从本地人那儿学到不少的动物语言——当然，不是野兽的语言，而是营地里牲畜的语言——所以能知道，这头骆驼在说什么。

想必他就是冲进我帐篷中的那头骆驼，因为他对骡子说:"我应该做什么?我应该去哪儿?我已经和摇晃的白色玩意儿打了一架,那家伙抄起一根棍子,打在我的脖子上(是我那根被折断的帐篷柱子,听到这里我很高兴)。我们应该继续跑吗?"

"噢,原来是你啊,"骡子说,"你和你的朋友们,是不是一直搅得营地不得安宁?行吧,到了早上,你们就得因此被揍一顿。不过我现在还是得给你在账上记一笔,赊几下打。"

我听到骡子身上的挽具叮当作响,他朝后退了退,向骆驼的肋骨踢了两脚,声音之响堪比打鼓。"等到下次,"他说,"你就会学聪明些,不会大晚上跑到骡子的炮兵连,大喊着'来小偷了!着火了!'给我坐下,收好你的蠢脖子。"

骆驼以族群特有的方式弯起身子,像一把两脚尺似的呜咽着坐了下来。黑暗中传来一阵有规律的马蹄声,一匹大军马犹如参加阅兵式般,稳当地慢跑过来,他越过一门大炮的尾部,落在骡子附近。

"这可真丢脸,"他边说边冲外喷起了鼻息,"那些骆驼又叫嚷着穿过我们的营地——这周内已经是第三次了。如果不让一匹马睡觉,他怎能保持作战的状态?谁在这儿?"

"我是第一螺式炮炮兵连二号炮的炮后膛骡子，"骡子说，"另一个则是你的一位朋友，他同样也吵醒我了。你是谁？"

"第九枪兵团E连十五号——迪克·坎利夫的坐骑。就冲那儿，稍微站远点。"

"噢，不好意思，"骡子说，"天太黑了，什么也看不清。这些骆驼是不是太讨人厌了？我走出自己的营地，就是想在这儿得到片刻安宁。"

"我的主子们，"骆驼谦逊地说，"我们晚上做了噩梦，都感到非常害怕。我仅仅是第三十九本地步兵团负责驮运辎重的骆驼，可不像你们那般勇敢，我的主子们。"

"那你为什么不待在第三十九本地步兵团中驮运辎重，而是在营地里到处乱跑？"骡子问。

"那些噩梦恐怖极了，"骆驼说，"我很抱歉。听！什么东西在那儿？我们应该再继续跑吗？"

"给我坐下，"骡子说，"不然，你那对棍子般细长的双腿将在大炮中间咔嚓折断。"他竖起一只耳朵，听了听动静。"是阉牛！"他说，"就是拉炮的阉牛。我说，你和你的朋友们都把整座营地弄醒了。竟然能惊起拉炮的阉牛，你们的本事可真大。"

我听到地上传来一阵拖拉铁链的声响,随后一对同轭的魁梧阉牛并肩走了过来。他们毛色雪白,脸上绷着一副闷闷不乐的表情。当大象们不再靠近爆破火线时,他们便会被安排拖拽沉重的攻城加农炮。还来了另一头炮兵连骡子,他疯狂地呼喊着"比利",差点儿就要踩上铁链。

"那位是我们新招的伙计,"老骡子对军马说,"他正在找我。这儿,年轻人,别尖叫了。黑夜不曾伤害过任何人。"

拉炮阉牛们一起躺下,开始咀嚼反刍的食物,而那头年轻的骡子则紧紧地挤在比利身旁。

"有东西!"他说,"又吓人又丑陋,比利!当我们都在酣睡时,它们闯进了我们的营地。你觉得它们会杀了我们吗?"

"我真想狠狠踢你一脚,"比利说,"想一想吧,一头有十四手宽[1]、受过训练的骡子,竟然会在这位绅士面前给炮兵连丢脸!"

---

[1] 1手宽≈10.2厘米。用来测量马、骡子等动物的高度。

"温柔点,温柔点!"军马说,"要记得,大家初出茅庐时都是这样。我第一次见到人类时(当时我在澳大利亚,年仅三岁),还跑了整整半天。如果我当时看到的是头骆驼,也许现在还在跑。"

英国骑兵用的马几乎都是从澳大利亚运来印度的,并由骑兵自己驯养。

"确实如此,"比利说,"别再抖了,年轻人。当他们首次将整套挽具和链条放到我背上时,我用前腿站着,靠后腿把它们全蹬掉了。那时,我还不懂什么是真正的踢腿技术,但炮兵连的人说,他们从未见过这么能踢的呢。"

"但这次不是挽具,或是其他叮当作响的东西,"年轻的骡子说,"比利,你知道我现在不介意那些东西。这次的玩意儿像树一样,它们在营地里上下起伏,还发出噗噗的冒泡声。我头上的绳子断了,我找不到自己的驭手,也找不到你,比利,于是我便跟着——跟着这两位绅士跑了出来。"

"哼!"比利说,"我一听到拴骆驼的绳子松了,就自己跑了。如果一头炮兵连负责驮螺式炮的骡子,称拉炮阉牛们为绅士,他一定被吓得厉害。那边地上的伙伴们,你们是谁?"

拉炮阉牛们在嘴里卷了卷反刍的食物,齐声回答道:"拉大炮炮兵连一号炮的第七轭。当骆驼跑来时,我们睡得正香,但我们被他们踩到后,便起身走开了。与其待在好的垫草上被打搅睡眠,还不如安静地躺在泥地里。我们告诉过你的这位朋友,没什么好怕的,但由于他懂得太多,想法也多。哇!"

他们继续嚼了起来。

"那是因为害怕,"比利说,"你被拉炮阉牛们嘲笑了。但愿你会喜欢这样,年轻人。"

年轻骡子的牙齿噼啪作响,我听到他在说什么不怕世界上任何一头结实的老阉牛之类的话。但一旁的阉牛们仅是咔嗒一声碰了碰彼此的牛角,继续开嚼。

"在你害怕完后可别生气,不然就表现得像个最糟的懦夫。"军马说,"我想,不论是谁晚上看到未知的东西,都会害怕,这事可以原谅。我们这里有四百五十匹马,仅仅因为一个新招的家伙讲了他澳洲家乡鞭蛇的故事,这些马就多次挣断了拴马桩,弄得我们现在看到自己头上绳子有松动的迹象,都会吓得要死。"

"营地里的一切都非常好,"比利说,"当我一两天没外出时，为了找点好玩的事做，也会乱窜一下。不过，你们服役时会做些什么？"

"噢，那做的事完全不同，"军马说，"迪克·坎利夫会骑在我的背上，把他的膝盖贴在我身体两侧，我要做的就是留意脚下，稳稳地站立，跟着马勒灵活地动。"

"什么是跟着马勒灵活地动？"年轻的骡子问。

"我以人烟稀少的腹地上长的蓝桉[1]的名义，"军马喷了喷鼻息，"你的意思是，在你服役时，没学过要跟着马勒灵活地动？当缰绳压在脖子上时，你就得立马转身，否则你还做什么？这可是攸关你背上人生死的事，当然也关系你自己的生死。你只要一感到脖子上缰绳勒紧，就得动起后腿转身。如果你没有空间转动的话，就稍稍立起来，再用后腿转身。这就是跟着马勒灵活地动。"

"我们没学过这一招，"骡子比利不自然地说，"我们教的是要服从领头的命令：他要我们齐步前进，我们就照做；他要我们插队，我们也照做。我想结果应该都一样。你现在做了这么多花哨活儿，天天靠后腿立起身子，肯定对你

---

[1] 蓝桉，亦称"玉树"。常绿大乔木。叶镰状披针形。原产澳大利亚，广布于暖地；中国南部亦有栽培。

的蹄关节不好，你干的活都有哪些？"

"得看情况而言，"军马说，"通常，我得跑到一群大喊大叫、带着刀的粗鲁的人中间——他们带的可都是又长又闪的刀，比兽医用的刀锋利多了——我必须得小心，要让迪克的靴子恰好与旁边男子的靴子相碰，但同时又不能踩到对方。只要我的右眼能看到迪克的长矛在我身体右侧，我就知道自己是安全的。当迪克和我赶时间时，我得注意，以防和周围的人或马相撞起冲突。"

"那些刀不会伤到你们吗？"年轻的骡子问。

"额，有一次我的胸上挨了一刀，但那不是迪克的错……"

"如果我挨刀了，我会很在意是谁的错！"年轻的骡子说。

"你应该在意，"军马说，"如果你不信任自己的驭手，你也可以立刻跑开。我们中有一些马也这么做，我不怪他们。就像我刚才说的，那不是迪克的错。那个男的当时躺在地上，我竭力伸展四肢，不踩到他，他却冲上方朝我一砍。等下次，要是我得跨过躺在地上的人，我就会一脚踩上他，而且是用力地踩。"

"哼！"比利说，"这听起来可真蠢。无论何时刀都是肮脏的东西。要做的适宜之事应该是扛着一套重量平衡的鞍具爬山，靠着你的四肢和耳朵，一路蜿蜒前进，直至你爬到距离他人几百英尺高的岩架上。那个地方正好够放你的蹄子。然后，你就站着不动，保持安静——永远不要让人拉着你的头，年轻人——在组装大炮零件时，记得保持安静，随后，你就看着小罂粟壳落在下方很远的树梢上。"

"你没有绊倒过吗？"军马问。

"他们说，如果一头骡子能绊倒，你就能撕裂母鸡的耳朵。"比利说，"也许有时鞍具上的东西没放好，会惹恼骡子，但这种情况很少发生。我希望自己能向你展示我们的工作，这可是件美差。哎呀，我花了三年时间才明白人们的意图。这件差事的技巧在于，绝对不要现身于天际线上，不然的话，你也许会挨上一枪。你要记得，年轻人。要永远尽可能地掩藏自己，即使你要偏离路线一英里。在遇上这类爬山行程时，我会来当炮兵连的领队。"

"即使没有机会跑进开枪的人群中，也会挨上一枪！"军马边说边费劲地思索起来，"我可受不了这样。我应该还是想进攻——和迪克一起。"

"噢,不,你不该这么想。只要大炮组装到位,他们就会进攻。这又精细又干净。但至于刀——呸!"

那只驮运辎重的骆驼已经将脑袋来回晃了一段时间,在一旁焦急地想插上话。随后,我听到他清了清嗓,紧张地说:

"我——我——我曾经打过一点儿仗,但没有像你们这样爬过山或跑过步。"

"没做过是吧,现在既然你提到了,"比利说,"你看起来也不像爬山或跑步的料——是挺不像的。那么讲讲,你打的仗是什么样的,老草包?"

"是以恰当的方式打的仗。"骆驼说,"我们全都坐了下来……"

"噢,我的护臀甲和胸铠!"军马低声地说,"坐下?"

"我们中有一百头骆驼——全都坐了下来,"骆驼继续说,"我们坐成一个大方形,人们就在外部堆放我们的行李和鞍具,然后他们就从我们的背后开火,方形骆驼圈的四边都有人这么干。"

"什么样的人呀?是随便走来的人吗?"军马问,"在骑术学校里,他们教我们要学会躺下,让主人隔着我们的身体开火，但迪克·坎利夫是我唯一放心这么做的人。可是他这么做，就会刺激得我的肚带痒痒的；此外，由于我的头还躺在地上，所以我根本什么也看不见。"

"隔着你身体开火的人是谁又有什么关系呢？"骆驼说，"旁边不仅有许多人和别的骆驼，还有大片烟雾。在那时，我可不害怕。我就安静地坐着，等在那儿。"

"不过，"比利说，"你到了晚上就会做噩梦，把营地搞得一团糟。好了，好了！在我躺下前，别再说什么躺下让人隔着身体开火这种话，我的脚后跟和他的脑袋可得有些话要和彼此说说。你曾经听说过这么糟糕的事吗？"

一阵长时间的寂静袭来，随后，一头拉炮犏牛抬起他的大脑袋说："这实际上是一件很蠢的事。只有一种打仗的方式。"

"噢，继续说，"比利说，"请别介意我。我想，你的同伴们是用尾巴站着打仗的？"

"只有一种方式，"两头拉炮犏牛齐声说（他们想必是一对双胞胎），"那就是，只要两条尾巴吼叫起来（在营地里，'两条尾巴'用于戏称大象），就把我们全部二十轭犏牛搁到大炮旁。"

"两条尾巴为什么要吼叫呢？"年轻的骡子问。

"为了表示他不会再靠近另一端的烟。两条尾巴可是大懦夫。随后，我们就一起使劲拉大炮——嘿呀——呼啦！嘿呀！呼啦！我们不会像猫一样爬，或是像牛犊那样跑。我们会穿过平坦的平原，二十轭阉牛一起拉，直至拉到我们卸下牛轭。在我们吃草的时候，大炮就隔着平原，和某个围着泥墙的城镇聊天。随后，墙壁的碎片脱落下来，尘雾升腾而起，就像是许多牛正在回家。"

"噢！你们就选那个时候吃草吗？"年轻的骡子问。

"那个时候或是其他任何时候都可以，毕竟吃饭总是件好事。我们会一直吃到再次被绑上牛轭，并将大炮拖回到两条尾巴们等待的地方。有时，城里会有大炮冲我们回话，杀死我们中一些伙伴，但这样一来，剩下的牛就能有更多的草吃。这就是命运啊！只不过，两条尾巴可真是大懦夫。这便是恰当的战斗方式。我们是来自哈布尔的牛兄弟俩，而我们也说过，我们的父亲是一头进贡给湿婆的圣牛。"

"嗯，我今晚确实学到了一些东西，"军马说，"如果你们两位螺式炮炮兵连的绅士被大炮瞄准开火，同时两条尾巴跟在你们身后，你们还会想吃东西吗？"

"想吃，这大概就像我们想坐下来，让人们伸开四肢躺在自己身上，或是我们想要冲进拿着刀的人群。我从没听过这类事。只要给我一座山岳的岩架，一份重量平衡的包袱，一位你可以信任并让你自选路线的驭手，我就会成为你的骡子。不过——其他事情——都不可以！"比利边说边跺了跺脚。

"当然，"军马说，"每个动物生来都与众不同，我很清楚，你的家族，尤其是你父亲那边，对于很多事情都无法理解。"

"你少打听我父亲那边的事！"比利生气地说，毕竟每头骡子都讨厌人家提醒他父亲是头驴，"我的父亲可是位南方绅士，他能拽倒每匹遇到的马，把他们咬成碎片。记住这件事，你这匹棕毛的大野马！"

野马等同于未受过任何教养的野生马匹。想象一下，如果一匹拉车的马将苏诺尔[1]称为"不中用的老马"，她会是什么感觉。同理，便可想到这匹澳大利亚军马的反应。我发现，他的眼白正在黑暗中闪闪发光。

---

1 苏诺尔，一匹在比赛中多次获胜的著名赛马。

"嘿，你这头进口的马拉加公驴的儿子，"他一字一句地从牙缝中挤出，"我得让你知道，我妈妈那边，可是和墨尔本杯[1]的赢家——卡尔宾恩有亲戚关系。在我的老家，我们才不习惯被长着鹦鹉嘴、猪脑袋的骡子轻蔑对待，你不过就是来自会用玩具气枪、玩具射豆枪的炮兵连的家伙。你做好准备了吗？"

"站好你的后腿！"比利尖叫起来。他俩都用后腿立起身子，面对着彼此。正当我准备看一场激战时，黑暗中，一个咕咕隆隆的声音传到了右侧："孩子们，你们在那儿打什么呀，安静点。"

两只野兽放下身子，厌恶地鼓了鼓鼻。因为不论是马匹，还是骡子都受不了大象的声音。

"是两条尾巴！"军马说，"我受不了他，他的身体两头都长着尾巴，这可不公平！"

"这正是我的感受，"比利边说边挨到军马身边，"我们在某些事上，还是挺像的。"

"我想，它们也许是从我们母亲那边继承来的，"军

---

[1] 墨尔本杯，一般指墨尔本杯赛马。墨尔本杯赛马是澳大利亚最著名的赛马比赛，创办于1861年，在澳大利亚被誉为"让举国屏息的赛事"。

马说,"可不值得为这事吵架。嗨!两条尾巴,你被拴住了吗?"

"没错,"两条尾巴边说边从象鼻里发出一阵大笑,"我晚上都被拴在木桩上。我听到你们刚才讲的事了,不过别害怕,我不会走过去。"

阉牛们和骆驼压低声音说:"害怕两条尾巴——什么胡话!"阉牛们继续说:"很抱歉让你听到我们这样说你,但我们说的都是实话。两条尾巴,当大炮开火时,你为什么会害怕它们呢?"

"嗯,"两条尾巴边说边用一条后腿蹭了蹭另外一条腿,他的模样就如同一个正在朗诵诗歌的小男孩,"我不是很清楚,你们是否能懂。"

"虽然我们不懂,但我们必须得拉炮。"阉牛们说。

"我知道,我知道你们比自己想象中还要勇敢许多。但我不一样,前几天,我所属炮兵连的上尉还称我为'过时的厚皮动物'。"

"我想,那是另一种战斗方式?"正在恢复精气神的比利问。

"当然,你们不知道那个绰号的含义,但我很清楚。它意味着，我是个中等、平庸的动物，而这恰恰是我现在的状态。在我的脑海中，我能看到炮弹爆炸后发生的事，你们阉牛却不行。"

"我可以，"军马说，"至少能看到一点点，但我试着不去想它。"

"我不仅比你看得多，而且还会思考它。我知道，自己身上有许多地方需要好好照料。我也知道，当我生病时，没人知道该怎样治愈我。他们能做的，仅仅是停发我驭手的报酬，直至我恢复健康，而我也不会信任自己的驭手。"

"啊！"军马说，"这就解释得通了。我可以信任迪克。"

"你可以把一整个兵团的迪克都放在我的背上，但即使这样，我也不会感觉好些。我已经知道足够多难受的事了，但还没难受到让我不顾一切。"

"我们可不明白。"阉牛们说。

"我知道你们不明白。我不是在和你们说话。你们都不知道血是什么。"

"我们知道，"阉牛们说，"它是红色的玩意儿，不仅会渗入地面，而且味道很臭。"

军马踢了踢腿，跳了一下，喷了喷鼻息。

"别提它，"他说，"我现在都能闻到它的味道，光在脑中想想就好。当迪克不在我背上时——这味道让我想跑。"

"但这里没血，"骆驼和阉牛们说，"你为什么这么傻？"

"它可是脏东西。"比利说，"虽然我不想跑，但我也不想谈它。"

"你看，我说对了吧！"两条尾巴边说边晃了晃尾巴以示解释。

"确实。是啊，我们都在这儿待了一晚上。"阉牛们说。[1]

两条尾巴跺了跺脚，身上的铁环叮当作响。"噢，我不是在和你们说话。你们不能在脑海中看到画面。"

"是看不到，但我们能用自己的眼睛看。"阉牛们说，"我们看自己正前方的东西。"

"我要是也那样做，就什么东西都看不到了，根本就不

---

[1] 阉牛们理解错大象的意思，导致答非所问。

需要你们去拉大炮了。如果我像自己的上尉一样——他能在大炮开火前,在脑海中看到东西,然后全身打战,但他知道的太多了,多到没法逃跑——如果我像他一样,我就能拉大炮了。不过,如果我真的有那么聪明,就不会到这儿来。我就会像从前那样,在丛林中称王,不仅能睡上半天,还能在想洗澡的时候洗澡。我都整整一个月没好好地洗过澡了。"

"这一切都真不错,"比利说,"但给一件事安上这么长的名字,可不会让它变得更好。"

"嘘!"军马说,"我想,我知道两条尾巴的意思了。"

"接下来你会更清楚。"两条尾巴生气地说,"现在你们就告诉我,为什么你们不喜欢这样!"

然后他开始用自己最大的音量,狂怒地吼叫起来。

"停下!"比利和军马齐声说,我能听到他们的跺脚声和哆嗦声。一头大象的吼叫总会让人难受,尤其是在漆黑的夜里,更是如此。

"我不会停,"两条尾巴说,"你们解释一下,好吗?呃啊!呜!呃啊!呜啊!"随后,他突然停了下来,我听到黑暗中传来一声轻轻的呜咽,便意识到是维科森终于找到了我。她和我都知道，如果世界上有什么让大象最害怕的东西，那便是一只吠叫的小狗。于是，维科森停止呜咽，转而欺负拴在木桩上的两条尾巴，她绕着其硕大的象足，狂吠起来。两条尾巴挪动身子，发出了吱吱的叫声。"走开，小狗！"他说，"别闻我的脚踝，不然我就踢你了。好小狗——可爱的小狗狗。既然这样！给我滚回家，你这头吠叫的小野兽！噢，为什么没人来把她带走？她马上就会咬我。"

"依我看，"比利对军马说，"我们的朋友——两条尾巴害怕的东西太多了。哎，如果我在阅兵场上每踢一条狗，就能吃一顿饱饭，我就几乎和两条尾巴一样胖了。"

我吹了声口哨，维科森朝我跑了过来，浑身上下都是泥巴的她舔着我的鼻子，跟我讲了她翻遍营地找我的事。我从未让她知道，自己能听懂动物的话，不然这家伙保准会干出越轨的事。于是我把她放进胸口处的外套里，扣好了扣子，而两条尾巴则拖着步子、跺着脚，自顾自地低声吼叫起来。

"太奇怪了！这真是最奇怪的事！"他说，"我们家族总是反复出现这类事。哎，那头讨厌的小野兽跑到哪儿去了?"

我听到他正用象鼻四处嗅探的窸窣声。

"我们大家似乎都以不同的方式受到影响，"他边继续说边吹起了鼻子，"哎，我相信，当我吼叫时，各位绅士都吓到了。"

"确切来说，没被吓到，"军马说，"但你的叫声会让我感觉，自己本该放马鞍的位置上都是大黄蜂。别再吼叫了。"

"我是怕一条小狗，但这儿的骆驼可是在晚上会被噩梦惊醒。"

"我们很幸运，不必全都以同样的方式战斗。"军马说。

"我想知道的是，"年轻的骡子说，他已经沉默很久了，"我想知道的是，我们为什么非得打仗。"

"因为我们被使唤这么做。"军马边说边轻蔑地喷了喷鼻息。

"是命令。"骡子比利说着，他的牙齿噼啪作响。

"胡肯姆·海！（这是命令！）"骆驼说着，发出了一阵咯咯声，而两条尾巴和阉牛们则重复着他的话："胡肯姆·海！"

"是这样，但是谁下的命令呢？"新招的骡子问。

"走在你前面的人。""不然就是坐在你背上的人。""不然就是牵着你鼻绳的人。""再不然就是拧你尾巴的人。"比利、军马、骆驼和阉牛们依次回答道。

"但是谁给他们下了命令呢？"

"你现在想要知道的事情太多了，年轻人，"比利说，"这可是会挨踢的。你要做的，就是服从你前面的人，什么问题都不要问。"

"他说的很对，"两条尾巴说，"因为我既中等又平庸，做不到永远服从。但比利说的没错。服从你身旁下命令的人，不然你就会停下整个炮兵连的脚步，并被痛打一顿。"

阉牛们起身要走。"天就要亮了，"他们说，"我们会回到自己的营地中。虽然我们确实只能用眼睛看东西，而且也不是很聪明，但我们依然是今晚唯一没有害怕的动物。晚安，你们这些勇敢的家伙。"

没有动物回应他们的话，为了转移话题，军马说："那条小狗跑哪儿去了？有狗出现，就意味着有人待在附近。"

"我在这儿,"维科森狂吠道,"和我的主人一起待在大炮尾部的下方。你这头笨手笨脚的大骆驼,就是你弄翻了我们的帐篷。我的主人气坏了。"

"咳!"阉牛们说,"他一定是白人!"

"他当然是白人,"维科森说,"难道你觉得,我会被一个黑人阉牛驭手照顾吗?"

"呼啊!呜啊!啊!"阉牛们说,"让我们赶快离开吧。"

他们在泥地里猛地往前一冲,想以某种方式抽出自己塞进弹药车车辕里的牛轭。

"好了好了,你们都尽力了。"比利冷静地说,"别挣扎了。直到天亮,你们都会挂在那儿。这到底是怎么回事?"

阉牛们像印度牛一样,发出了长时间的嘶嘶鼻息声。他们又推又挤,不仅急转起身子,还跺起了脚,打起了滑,差点儿摔进泥里,弄得他俩凶恶地嘟哝起来。

"你们会在片刻间弄断脖子,"军马说,"这关白种人什么事?我还和他们生活在一起。"

"他们——吃——我们！拉啊！"离我较近的阉牛说。随着"嘣"的一声响，牛轭折断了，两头牛一道笨拙地挣脱出来。

我之前不理解，为何印度牛如此惧怕英国人。竟然是因为我们吃牛肉——没有一个骑牛驭手会碰这玩意儿——牛也理所应当不喜欢。

"愿我被自己的蹄链鞭打！谁会想到，像他们两个这样的大块头，竟然会丢了性命？"比利说。

"没关系，我打算去看看那个人。据我所知，大多数白种人会在口袋里放东西。"军马说。

"那么，我就先离开了。我不能说自己很喜欢他们。而且，没有地方睡觉的白种人很可能是小偷，我的背上可是扛着一大堆政府资产呢。跟过来，年轻人，我们回自己的营地去。晚安，澳洲马！我想，明天阅兵时再见。晚安，老草包！试着控制你的情绪，好吗？晚安，两条尾巴！如果你明天经过我们身旁，可别吼。你的叫声会毁掉我们的队形。"

骡子比利像个老兵般昂首阔步地前行，迈着笨重的步子走了。与此同时，军马把脑袋伸到我的胸口处，我给了他一些饼干吃。而维科森作为一条颇自负的小狗,冲着军马撒起了小谎,说我和她养了一大堆马。

"我明天会坐在狗车里去阅兵,"她说,"你会在哪儿呢?"

"在第二骑兵中队的左手边。我会把控全队的行军时间,亲爱的小姐。"他礼貌地说,"我现在必须回到迪克的身旁。我的尾巴上都是泥,为了参加阅兵,他得花两个小时,辛苦地将我打扮一番。"

总人数达三万的盛大阅兵式在那天下午举行。维科森和我的位置不错,靠近总督和阿富汗埃米尔。这位埃米尔头戴一顶又高又大、中间镶嵌着巨大钻石星星的黑色俄国羔羊羊皮帽。第一部分阅兵式进行时,阳光明媚。士兵团的双腿似涌浪般,一波接一波地整齐移动。他们的枪全排成笔直一排,看得我们眼花缭乱。随后,骑兵们跟随《邦尼·邓迪》[1]伴奏,迈着优美的慢跑步伐来到场上,坐在狗车里的维科森不由得竖起了耳朵。第二枪骑兵中队飞驰而过,那匹军马位列其中。他的尾巴似绢丝,脑袋垂到胸口处,一只耳朵冲前

---

[1]《邦尼·邓迪》,英军军团常用的进行曲。原为沃尔特·司各特创作的诗歌。

立，另一只往后仰。这匹马把控着全队的行军时间，双腿如华尔兹音乐般流畅地迈着步子。紧接着，大炮们现身。我看到两条尾巴和另外两头大象排成一排，拉着一门重四十磅的攻城加农炮。二十轭阉牛们走在他们身后，其中，第七对阉牛套着崭新的牛轭，看上去格外僵直和疲惫。最后登场的是螺式炮，骡子比利好似指挥全队般挺起了身子，显得极有派头。他的挽具上了油，擦得闪闪发亮。我独自为骡子比利欢呼喝彩，而他却没有左右环顾。

雨又开始下起来，有一阵子雾气太大，看不清军队在做什么。他们在平原上围了一个大半圆，逐渐散开排成一条直线。这条直线越变越长，直至其左右两侧的侧翼部队相隔足有四分之三英里长——一道由人、马、炮组成的结实墙壁赫然出现。随后，这道墙开始径直朝总督和埃米尔逼近，随着距离的缩短，地面也开始震动，犹如蒸汽船在高速运转时甲板的晃动。

如果你没有亲临现场，绝对无法想象当时的场面有多震撼。即使观众都知道这不过是场阅兵式，但当一支支部队迈着平稳的步伐逼近时，还是在他们心中留下了骇人的印象。我注视着埃米尔。在此之前，他没有流露出一丝惊讶或其他神色。但此刻，他的眼睛越睁越大，他拿起自己马脖子上的缰绳，向身后望去。有一瞬间，他似乎准备拔出剑，劈砍身后马车里的英国男女，从中杀出一条血路。但随后，部队的前进步伐突然停止，地面静止不动，整个队伍行敬军礼，三十支乐队开始齐声演奏。整场阅兵式到此结束，各个兵团冒雨回到各自的营地中，一支步兵乐队演奏起来——

动物们两个、两个地进了，

好哇！

动物们两个、两个地进了，

大象和炮兵连的骡子，

他们全都进到方舟中

就是为了躲雨！

紧接着，我听到一位随埃米尔下访的中亚酋长向一位当地官员提问。这位酋长上了年纪，白发苍苍、长发飘飘。

"这么说来，"他问，"这般无与伦比的事情是怎么做到的？"

官员回答道："只要下了命令，他们就会照做。"

"但那些野兽也像人类一样聪明吗？"酋长问。

"他们会像人类一样服从命令。不论是骡子、马、大象，还是阉牛，都会服从自己驭手的命令。驭手服从军士，军士服从中尉，中尉服从上尉，上尉服从少校，少校服从上校，上校服从指挥三个军团的准将，准将服从将军，将军服从总督，而总督则为女王服务。这样一来，事情就完成了。"

"要是在阿富汗，也能这样就好了！"酋长说，"毕竟在那儿，我们只服从自己的意愿。"

"正是因此，"当地官员边说边捻弄自己的八字胡须，"你们不服从的埃米尔必须来这儿，接受我们总督的命令。"

营地动物的阅兵之歌

大炮队的大象们

我们将赫拉克勒斯[1]的力量借给亚历山大大帝[2],

我们前额的智慧,我们膝盖的精巧;

我们弯下脖颈效劳:他们再也没有松开过,

在那儿让条路——给长着十只脚的队伍让条路,

他们可是扛着四十磅重大炮的辎重队!

拉炮的阉牛们

身披挽具的英雄们躲开了一发炮弹,

凭借自身对火药的了解,他们全都心烦意乱;

---

1 赫拉克勒斯,古希腊神话中的一位英雄,是宙斯与阿尔克墨涅之子,天生力大无穷,在现代成为大力士和壮汉的代名词。
2 亚历山大大帝,马其顿王国(亚历山大帝国)国王(前336年—前323年6月13日在位),称亚历山大三世。曾率军远征东方,直达印度。

随后我们开始行动,再次用力拉炮——
在那儿让条路——给二十轭阉牛们让条路,
我们可是扛着四十磅重大炮的辎重队!

骑兵队的马匹们

以我肩上的烙印起誓,最优美的曲调
是由枪骑兵、轻骑兵和龙骑兵所演奏,
对我而言,它比"马厩"或是"水"更为甜美——
它就是骑兵慢跑之歌《邦尼·邓迪》!

再来喂养我们、驯服我们、驾驭我们、擦洗我们,
给予我们优秀的骑手和大量空间,
让我们跻身骑兵中队的队列,让你们看看
战马跟随《邦尼·邓迪》的伴奏慢跑的步伐!

螺式炮队的骡子们

我和我的伙伴们正在向上攀登山峦,
虽然滚动的石块埋没了道路,但我们依旧前行;
我的小伙子们,我们可以蜿蜒前行,攀登而上,现

身各处,

噢,我们的乐趣是爬得和山一般高,

在其上抽出一只或两只腿行走!

祝愿每位军士都能享有好运,随后,让我们选择自己的道路;

祝愿所有不能打包载物的驭手们都遭遇噩运。

我的小伙子们,我们可以蜿蜒前行,攀登而上,现身各处,

噢,我们的乐趣是爬得和山一般高,

在其上抽出一条或两条腿行走!

军需部的骆驼们

我们没有自己的骆驼之歌,

沿路帮帮我们这些懒家伙,

但每一只脖子都是一支毛茸茸的长号

(嘀——嗒——嗒——嗒!是一支毛茸茸的长号!)

我们的行军之歌这样唱道:

不可以!别这样!不应该!不想要!

把它沿队传下去!

有头骆驼的包从他的背上滑了下来,

真希望那是我的包!

有头骆驼的载物倒在了路上——

停下来,吵起来,真高兴!

呜噜噜!呀噜噜!咯噜噜!啊噜噜!

有头骆驼正在遭受处罚!

所有动物齐声唱道

我们是军营的孩子们,

在各自的岗位上效劳;

牛轭和尖棒的孩子们,

包袱和挽具的孩子们,

垫子和载物的孩子们。

看一看,我们的队列跨越平原,

犹如束在后蹄的绳索般,再次弯曲,

它延伸、蜿蜒、卷绕至远方,

席卷一切,奔赴战场!

走在身旁的人们,

满身尘土、缄默不语、双眼沉重，

说不出我们或他们为何

日复一日行军受苦。

我们是军营的孩子们，

在各自的岗位上效劳；

牛轭和尖棒的孩子们，

包袱和挽具的孩子们，

垫子和载物的孩子们！

图书在版编目（CIP）数据

丛林之书 /（英）鲁迪亚德·吉卜林著；余金航译. 成都：天地出版社，2025.1. —（可以不用长大）.
ISBN 978-7-5455-8555-1

Ⅰ. I561.85

中国国家版本馆CIP数据核字第20248BX993号

CONGLIN ZHI SHU

丛林之书

出 品 人	杨　政
作　　者	[英]鲁迪亚德·吉卜林
译　　者	余金航
责任编辑	杨　露
责任校对	梁续红
封面设计	刘　洋
内文排版	谢　彬
责任印制	王学锋

出版发行	天地出版社
	（成都市锦江区三色路238号 邮政编码：610023）
	（北京市方庄芳群园3区3号 邮政编码：100078）
网　　址	http://www.tiandiph.com
电子邮箱	tianditg@163.com
经　　销	新华文轩出版传媒股份有限公司

印　　刷	北京旺都印务有限公司
版　　次	2025年1月第1版
印　　次	2025年1月第1次印刷
开　　本	787mm×1092mm　1/32
印　　张	8.5
字　　数	142千字
定　　价	36.00元
书　　号	ISBN 978-7-5455-8555-1

版权所有◆违者必究

咨询电话：（028）86361282（总编室）
购书热线：（010）67693207（营销中心）

如有印装错误，请与本社联系调换